我们的村庄

胡海燕 著

浙江工商大学出版社·杭州

图书在版编目（CIP）数据

我们的村庄 / 胡海燕著. -- 杭州：浙江工商大学
出版社，2025. 3. -- ISBN 978-7-5178-6494-3

Ⅰ. I267

中国国家版本馆 CIP 数据核字第 2025R357H0 号

我们的村庄

WOMEN DE CUNZHUANG

胡海燕 著

出 品 人	郑英龙
策划编辑	沈　娴
责任编辑	费一琛　程辛蕊
责任校对	韩新严
插画绘制	张　渔
封面设计	观止堂_未氓
责任印制	祝希茜
出版发行	浙江工商大学出版社
	（杭州市教工路 198 号　邮政编码 310012）
	（E-mail：zjgsupress@163.com）
	（网址：http://www.zjgsupress.com）
	电话：0571 - 88904980，88831806（传真）
排　　版	杭州朝曦图文设计有限公司
印　　刷	浙江海虹彩色印务有限公司
开　　本	787 mm×1092 mm　1/32
印　　张	7.75
字　　数	125 千
版 印 次	2025 年 3 月第 1 版　2025 年 3 月第 1 次印刷
书　　号	ISBN 978-7-5178-6494-3
定　　价	68.00 元

时间的颜色

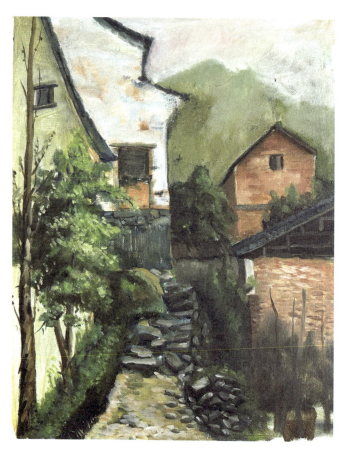

最忆是故乡

风定落花深

平野花意浓

大树村边合

故乡原风景

生活有温度

春日里看树

从前日色慢

深藏数点红

宁静的午后

浮生半日闲

乡村四月闲人少

山中无所有

山水有清音

若能看见一生的山水

我认识的村庄，有着好看的皮囊，也有着有趣的灵魂，一处有一处的风骨，一处有一处的态度。桦溪坐南朝北，十八座门堂齐齐向北，倾诉着对故土山东曲阜的深深眷恋。大皿村东双峰比肩而立，形似羊角，溪上数桥横卧，于山水之间形象地写下大大的"羊"字，始祖羊愔食菇成仙，成为令人景仰的神。王隐坑是一座"王"隐居过的村庄，南梁太子萧统曾在此读书研学，招亲堂、加袍岭、上马石、昭明寺，这些遗迹的存在，为他曾经短暂的停留做出恰到好处的见证。乌石村实在是名副其实，用通身乌黑的玄武岩垒叠出迷宫一般的村庄，住在石屋里冬暖夏凉。而在马塘村,人们用一座宋代古茶场向世人阐述茶叶交易的前世今生,又用民间最虔诚的礼仪纪念茶神许逊。当然,在磐安的山水之间,还有着几百座村庄,它们风光风貌各不相同,精神内核更是独具特色。每一座村庄,都有着属于自己的山水。

向村庄靠近,去探索它们的来龙去脉。许多年前,先祖在择地而居时,有着自成体系的美学与哲学标准,要山环水抱、背山面水,要"左青龙,右白虎,前朱雀,后玄武",要避世又入世,要隐秘或开阔,要磅礴大气或精致小巧,要居于高山台地之上、悬崖之巅成为居高临下的君王,或者干脆利用群山围屏,深深潜入谷底中去,与外界拉扯开巧妙的距离,只闻得其声而见不得其形。他们,在山水之间构建宜居养人的幸福家园,也构建修身养性的精神乐土。

在过去漫长的岁月里,人们做出了选择,山水也做出了选择,有时是机缘巧合,有时是迫于无奈。如果追溯历史,就会看见许多不为人知的真相。真相有时具有诗意之美,有时却暗藏金戈铁马、背井离乡的哀伤。唐贞元年间,郑瑞遇见了他的山水知音,他的窈川"林壑幽邃,山水融结,泉甘土肥,草木畅茂",从此他"弃城市喧嚣,适志林泉"。南宋建炎四年(1130),孔端躬用一棵来自孔林的桧树苗探测土壤的温度与厚度,他说"何地植土生根者,即吾孔氏新址",后来,榉溪温厚的土地留住了他。宋庆元三年(1197),蔡元定之子蔡渊避祸迁居顾岭,后入居梓誉溪口,宋理学家朱熹见蔡氏人历代潜心研究理学,著书立说贡献巨大,将蔡家定为"理学名宗"。在元代,郑境辞归孝伺父母,他推崇以文化人,重视教育,他用"墨林"命名村庄,嘱咐后人要"翰墨传家,文士如林"。每一座村庄,都有着清晰的脉络以及辨识度,即便只是袖珍无比的三五人家,也有着归属于自我的来处与去处。现在,有的村庄在长途跋涉中消亡了,有的仍秉持着一颗初心,能保留的都保留了,能还原的也都还原了,仿佛是想用这样的方式"留住",也想用这样的方式让我们"看见"。

看见是最直观的表达,山水还在,亲人还在,村庄就还是那座村庄。若是看不见,仍可以追溯一二,在并不翔实的史料记载中,在村民的口耳相传中,在追根溯源的探究中,我们看见一场又一场发生,看见一场又一场得到或失去。随着越来越多的看见,我们唏嘘感怀,原本毫不起眼的村庄,完成了一次次富有质感的蜕变,它的形象被有形或无形地放大,再放大,某些潜藏的细枝末节逐渐清晰。

当然,更多的仍无法"看见",它的深邃有如探不到底的渊潭。在古老的村庄面前,我们是懵懂小儿,无法精到地破译它内在的隐形密码,不经意地读懂,也极具偶然性与表象性,更多的内里如同深入其里的筋脉错综复杂,最后幻变成难以解答的谜团。世事多无常。村庄在诸多的无常中坚守着、改变着,规模大了又小了,屋子旧了又新了,人们出走又归来。终于,在有限的生活里探索无限的可能,所有的无常都成为村庄的日常,就如每日的柴米油盐酱醋茶那般细微的日常。并且,没有一段文字是足够强大的,村庄生长百年千年,累积的故事如同参天大树根深叶茂,再精致的描述往往也是蜻蜓点水,顾此失彼。深入,有时只是我们的一厢情愿。而慌张,自从写下第一个文字开始就如影随形,直到落下最后一个句点仍是有增无减。每一座村庄都有着太多无法细述的过往,更有着无法预言的未来,我的文字平常又浅薄,若能有所触达已是十分幸运。但也许,唯有保持那部分隐秘的距离,若即若离,才能获得来自村庄的神奇力量。

　　每个幸运的人,身后都站着一座村庄,就像站着一片属于自己的山水。这是我们一生的山水。村庄里有我们的故乡,有我们依恋的山峦,有顺风又顺水的河流,有我们的亲人、我们的岁月。这是我们拼尽全力要出走的地方,也是我们终将要回去的地方,是我们最初的勇气,也是我们最后的底气。向一座村庄打开心扉,向它交出尘封已久的孤独、无奈、彷徨和无助,它会颇有耐心地悉数收下,并及时给予最妥帖的慰藉。它的博大与宽容,令人动容。著名作家切斯瓦夫·米沃什有诗:"无论我漫游何处,穿过什么样的大陆,我的脸总是朝向那条河流。"那条河,大概就是村庄的河流,故乡的河流。

胡海燕
2024 年 7 月 16 日

目 录

窈川春色

一树樱花打开了春天。

黑色的瓦片,黄金色的泥墙,几座颓败的老屋身后,樱花亭亭而立。仿若抱着琵琶半遮面,要将自己藏于这些灰头土脸后头,不为人瞧见,却又早已按捺不住,扭着曼妙腰肢,妖娆地探出墙头。一身繁花啊,于暖阳下摇曳生姿,嫩粉粉的颜色恍若一道光,点亮了整个街角。

行人总要歇下脚步,立于花下,静静地望一会儿。或如那位身着青衣的阿婆,在旁边的石凳上小坐,陪上一会儿。春风经过,花瓣零零落下,一种淡雅的香气弥漫开来。是樱花香,又不仅仅是。想起宋人晏几道的诗句:

"落花人独立,微雨燕双飞。"似乎,一番离愁是少不了的。只是没有雨,燕子也尚未归来,而春光明媚如此。这样的花下,虽也睹物思人,却是甜蜜的念,那些离愁别绪早已随风散去了。

在窈川,和一棵樱花相认,就等于和一整个春天相认。从这里开始,桃花梨花油菜花,以及满地满垄的野花,纷纷打开自己,向春天交出盛世容颜。乡村从来不缺少花,就像乡村从来不缺少美。当春光渐往深处去,鸢尾杜鹃凤仙芍药芙蓉,以及更多叫得出名叫不出名的,纷纷加入这支庞大的队伍。这些有用无用的花开,不知为柴米油盐的琐碎日子增添了多少缤纷的颜色。

窈川,是一个好听的名字,温柔中带点诗意。仿若窈窕女子,喊它时都要留意几分,多些温暖柔软才好;又仿佛看见一条溪,窈窕可人,有着婀娜身姿。溪面不宽,足够撑起两岸人家便可;溪水不急,足够让人们涤净尘埃即可。除此之外,小巧精致些,反而更吻合山里人家的心意。

古时,因"林壑幽邃,山水融结,泉甘土肥,草木畅茂",此地取名窈川。抬头望去,窈川处在一个狭长的山谷中,四周群山拱翠。自东和自南而来的两条溪流交汇于一处,写下一个大大的"丫"字。汇合后的溪叫作西溪。

溪如其名，即便逢山逢岩拐上几道弯，仍是一溪春水向西流。比起支流，西溪似乎更大一些，但仍是小家碧玉般，风波浅浅。两岸屋舍缘溪而建，错落分布，三两座桥串通往来，一派安居乐业的田园风光。唐朝李泌以为："发天然之奇状，寄幽人之雅怀，奚啻武陵桃源也！"

遇到好山水，仿若遇到知音。可以相看两不厌，可以促膝长谈，可以打开另一种人生。始祖郑瑞遇见窈川，就是遇见了他的山水知音。唐贞元年间，大概也是在一个晴好的春日，郑瑞来到这里。他见"崔嵬者、苍翠者、高者、下者，皆山之奇也"，见"行入林谷，其盘者、崿者、飞而鸣者、雷而振者，皆水之奇也"，又见"引而回顾，俨似图画""景趣阴翳，出于尘境"。那一刻，他似乎明白了什么，那些得失成败，休戚荣辱，都无关紧要了，只想从此"弃城市喧嚣，适志林泉"。

郑瑞隐居窈川之后，好友陆贽来访。他见"瑞居之源焉，憩焉，渔焉，樵焉"，羡慕之情溢于言表。他们把酒言欢，醉卧草堂，畅谈人生趣事。他们也携手出游，踏遍周边的山山水水。山水画卷徐徐打开，陆贽见覆钟拥奇、兰屏积翠、金鹅落日……挥手写下《窈川八景诗》。"白云飞去青山多""海门推出明月来""长河落尽苍烟空"，一个个胜景妙境，就这样在他的笔下开出花来。不知是好风景成就了好诗,还是好诗成就了好风景。只是,必定是这样超然世外的生活状态成就了这样的好意境。另有好友李泌写下《赠郑瑞迁居窈川记》,"予虽异地殊方,而今日之乐亦同此乐也",在这里,他俗事皆抛,尽情快乐着挚友的快乐。"富哉山乎?美哉水乎?足以千万世子孙之居乎?"而这一连串的发问,大概亦是无心之问。至于答案,早已了然。

或者,时间已悄悄做出了回答。

一千二百多年过去,我们追随他们的足迹走走停停。风景大抵相似,内心却莫名地柔软起来,一种惬意油然而生。午后,坐在一条长阶沿上。十几间木屋连成一排,像亲密的兄弟姐妹。大红灯笼高挂,有些门敞开,有些门半掩,几分随意。迎面走来一位阿公,告诉我们一些故事。

阿公高个,清瘦,皮肤黝黑,脸上沟壑纵横,像他坎坷的人生。儿子两岁时,老婆狠心离开,另嫁他人。他一边拉扯孩子,一边挣钱养家,日子苦极。老婆再嫁后并不幸福,近年有一次身体不佳住院,他便带了儿子一同去探望。他说,毕竟为他生了儿子。也不恨,所有原因归结为当初家境"苦楚"。

他晚年得了绝症,并错过了最佳治疗时期。他回了家,找了两种草药,煎服了一段日子,后去医院复查,竟全好了。一晃十多年过去，身体很不错。在安徽打工时，膝下无儿无女的老中医传了他几个民间偏方，他凭此治好了许多人的顽疾，更多人慕名前来。他还救过两条命……

阿公今年七十四岁，身体康健。家中有九十八岁的老母亲，是村里的老寿星。儿孙孝顺。他又指了指溪对面的三层小楼，说是他家。一副满足的神情。

——帮了就好，不图回报的。

——心态一定要好，什么都不要放心上。

——什么都要吃，食物之间相生相克。

——要早起，面对初升的太阳，吐故纳新。

"每一个故事，都种在灵魂深处。"我们默默地记下这些朴实的话语。起身离开，一脚跨入暖融融的阳光里。春光，似乎又明媚了几分。

这世间，总有一些事足以改变一个人的一生。

去大皿看花

要如何打开内心，放下所有繁杂的情绪，才能贴合眼前这座村庄的气质？我问过自己很多次，答案往往显而易见又缥缈无踪。但不管如何，来到大皿，总要换上一种新鲜的状态，放松的、愉悦的、慢条斯理的、与世无争的。也可以，说些平日想说而未能详述之言，做些想做而未能成全之事。在这里，你终究只是你自己。

我去过大皿很多次了。有时看山看水看云看雾，也看老屋上升腾起炊烟，恍惚以为误入了另一种生活；有时去凑热闹，满大街疯跑着追逐龙灯，又去喜欢的桥上放飞许愿灯，想起童年也是这样过的；有时随意走走，和朋友去后山那个叫"虎爪岭"的地方择菜，下厨做一顿简单的晚饭，一个下午很慢又很快地过去了。这些年，明明有了时间才去大皿，却发现到了大皿才算真正拥有了时间。

这一次，我们是去看花的。牡丹开了，花开花落不过二十日，要赶紧去看，去晚了就错过了。这样雍容华贵的花开在山野小村，开在门前屋后，开在人们的烟火日常里，应该别有韵味。今年春天，好多人不怕路远，千里迢迢地去洛阳看牡丹，他们穿上同样雍容华贵的汉服，化上精致的妆容，衣袂飘飘，笑意盈盈，似要与牡丹一较国色天香之姿。

我不喜欢人多，太拥挤的环境容易把自己弄丢，也容易把风景弄丢。去过那么多名胜古迹，运气差的时候堵在途中进退两难，最后只能在那里数人头。很多时候，好风景躲在我们的视线之外。在大皿，就不会遇到这样的事，它有足够坦诚的胸怀容纳我们所有心思。

大皿长得像一个盆。四周群山环绕，东头的两座山峰比肩而立，那么近又那么远，似羊头上的两只角。传说一千多年前，有个叫羊愔的人，他一生都在行走，寻寻觅觅把栏杆拍遍，想求得一处理想中的好山水。他从山东泰山出发，停靠过嘉州夹江（今属四川），停靠过温州永嘉，停靠过丽水缙云。一天，他发现两座山峰，加上溪面上横卧着的三两座小桥，正好是一个"羊"字，于是决定栖息在这片土地上。人生最幸运的，莫过于找到一款心意投合的好山水。从此，羊愔把毕生理想安放在这片土地上。要宁静，要洒脱，要大度，要修身，要养性，他淡定从容的处事态度影响了一代又一代后人。据说羊愔后来食菇成仙，飘飘不知所踪。仙踪不可寻，也许在远处，也许在近处，也许无所不在。

牡丹开在进士牌坊旁。大皿出过六位进士，现存的这一座牌坊为北宋羊永德所立。古人做事隆重而富有仪式感，中了状元立一座状元牌坊，中了进士立一座进士牌坊，而村中那位德才兼备的女子，在丈夫离世后，独自一人养育一个家，子孙后代人才辈出，人们为她立起节孝牌坊。牌坊比人活得长久，比许多事物活得长久，清朝的仍在，明朝的仍在，北宋的也还在。起初，因为千古佳话立起丰碑，后来，因为丰碑佳话流传千古。

牡丹也活得长久，有一百五十多岁，据说家谱中有据可考。这株牡丹不简单，一出生就被载入家史，仿若一位有名有姓的村人，需要用这样的方式记录他的存在。而有的先祖远去了，只永远地活在了那本册子中，占据属于自己的那一页，有的甚至不足一页，只是一页当中不起眼的只言片语。牡丹很幸运，活在史册中，又活在现实中。

它活了那么久,活过太爷爷辈,活过爷爷辈,继续活过父辈子辈。它还活得那么漂亮,清清爽爽地立在为它独建的花坛里,每年开出如云如霞的花朵,一开几十朵,一开上百朵。据说,牡丹开到百朵还会引得凤凰来。凤凰也许真来过,只是我们没看见而已。花枝慢摇、轻颤,袅袅娜娜如女子,一副可怜模样,不知打动了多少人的心。人们和我一样纷纷赶来,围着它看了又看,闻了又闻。它成了远近闻名的花。它还分出几枝,让村里的新嫁娘带上,在或远或近的另一些村庄里安家落户,开花繁盛。

当然,不只有这一丛。从隔壁桦溪村嫁过来的,祖上传下来的,友人相赠的,别处请来的,牡丹们来路不一,却同样心安理得地在这片土地上盛开美丽的花朵。我们穿过悠长悠长的街巷,穿过古意葱茏的石桥,去探访另外的牡丹。颜色更艳丽、花形更硕大的"紫魁"养在下退门,纯洁得如雪如绢的"夜光白"开在上退门,去年小阳春新种下的散入各家各户,"爱得我所""中宅堂""登科第""礼书院""清德堂",这些有着如诗美名的所在从此有了牡丹的相伴,这个春天虽还不能开出花来,却也是枝叶婆娑,绿意点亮了深深庭院。而日后,开出的花中,或许就有我们期许的名字,比如"雨后风光""昆山夜光""菱花湛露",以及"山花烂漫"。

大圳村　去大圳看花

也并不都是牡丹。家家户户门前最先迎接我们的，必定是花花草草。灯笼花、绣球花、凌霄花、木香、铁线莲，行走在大皿，犹如穿行在花园。我们需要放下多少固有的认知，才能恰到好处地接受它们的美意。原来，一片土地上可以生长那么多漂亮的花儿，一座村庄可以居住那么多爱花养花之人，而生活，可以慢到只是种花养花赏花而已。我发现，在这里好多认识的花不知生动了几分，原不认识的亦让我有了足够的耐心去慢慢熟悉。之前也许遇见过，只是未曾留意，就像一生中遇到的许多人，擦肩的擦肩，转身的转身，都被丢失在快速前进的时间洪流里，只有如现在这般缓慢才有机会将他们一一想起。在这儿，留意一朵花开，就如留意生活里的柴米油盐，自然而自然，寻常又寻常，却也是在这些个寻常的花开花谢里，我慢慢懂得了生活的真谛。

汪曾祺说："如果你来访我，我不在，请和我门外的花坐一会儿，它们很温暖……"我也想仿一句：如果你去大皿，不管我在不在，请和随处可见的花坐一会儿，它们很温暖。

/马塘村/

宋代古茶场

"哪有什么古老的东西。"他这样说道。

他和我们一样是慕名而来的游客，已过知天命的年纪，看待事物有了自己的判断。他又踢了踢倒塌在一角的石柱，似乎要踢出点故事来。石柱已不完整，破碎，断裂，即便堆在一处，亦是貌合神离。这样的破碎给人老态龙钟之感，仿佛它们都是从遥远的时间深处赶来，赶累了才成这般模样。浑身又落满苔藓，愈发添了古意。

我指了指石柱，意思是这总应该有年头了吧。

他摇摇头说，也老不到哪里去。语气中带有一丝惋惜，还有一丝不屑。

到了古茶场，探寻古意似乎成了主要目的，四下搜寻的是哪个物件上了年纪，哪个物件岁月痕迹明显，充满古意。若是发现年岁久远的，便如获珍宝，即便它只能远观不可亵玩，只能处在原来的位置供人怀想，那样的怀想也早已穿透时间的城墙，有了厚度和纵深。也会将此物与他物做番比较，谁更老，谁更有价值，仿佛是一道数学证明题，要用一种古老去求证另一种古老。这是游客的势利，非要趋附在本无半点城府的事物之上。

而它们各顾各的，任凭时间一刻不停地磨损它们，消耗它们。墙倒了重新砌回，屋顶漏了加个瓦片，门板坏了重新装上，而有的牛腿、雕栏、画栋残缺了就让它们残缺着吧，残缺也是一种美。它们活得比我们通透。新的如何，老的又如何，都只是万千世界中微不足道的一份子，时间的洪流会抹平它们，淹没它们。即便机缘巧合，时间将它们拱手奉出，仍会以我们不可知的方式消失不见。这世上有太多事物就是这样来的，又是这样去的。它们的存在或许真能说明一些事情，让人类有机会顺着时间的绳索追溯而上，直至遥远的源头。但很多时候，事物只是事物，是我们丰富的情感以及想象力丰富了它们的过往而已。

如此，古茶场只是古茶场，仅仅是时间的参与者和见证者而已。它的价值，也许在于让我们透过留存的老物看见了虚无的时间，唐朝的，宋朝的，清代的，民国的，这些原本抽象到迷离的朝代有了眼目可及的具体呈现。

相传，早在晋代，许逊周游各处传播道教，游历至此地，见茶树漫山遍野，茶叶质量上乘，但因滞销，农民生活清苦。于是，许逊就在此地留了下来，与茶农一道研究加工工艺，制成"婺州东白"，并派出道童去各庙庵施茶。从此，"婺州东白"畅销各地，受到各方好评。到唐代，"婺州东白"被朝廷列为贡品，并被收入陆羽的《茶经》中。到宋代，皇室定都临安，茶场成为"榷茶"之地，朝廷委派官吏在此进行交易管理。于是，茶场成了浙中茶叶交易中心。

遇见许逊是老百姓的幸运。许逊追崇的虽是修道成仙之事，关心的却是民生疾苦。也许他在潜心研制"婺州东白"之时，属于他的"道"已悄然而至。后来，当地茶农奉他为"茶神"，尊称他为"真君大帝"，对他顶礼膜拜，千百年来从不间断。

从古茶场西面的门口进入，目光与茶神相遇，他慈眉善目，笑意盈盈，仿若在哪儿见过。迎着他的目光望过去，一种甜滋滋的温暖在心头蔓延。一旁测字算命的阿公说："拜一拜，很灵的。"阿公是本地人，操一口地道的玉山方言，八十多岁仍耳聪目明，亦有几分仙风道骨之气，不知是否与日日守着茶神有关。人都说"近朱者赤",那么近神者大概会自带仙气了。在阿公心里,茶神是一个"很灵的"神。

其实,在当地茶农心里,许逊也是一个"很灵的"神。茶农质朴而虔诚,用古老的礼仪表达自己的崇拜。每年春茶开摘,茶农便奉上第一捧新茶,先祭茶神。秋收后,茶农拎着茶叶等货物前来拜谢茶神。于是,两次盛大的庙会"春社"和"秋社"应运而生。正月十五举行"春社",祭茶神,演社戏,挂灯笼,迎龙灯。十月十六举行"秋社",祭茶神,迎大旗,演社戏。《玉山竹枝词》云:

> 茶场山下春昼晴,茶场庙外春草生。
> 游人杂还香成市,不住蓬蓬社鼓声。

我参加过"春社"和"秋社",那是万人参与的盛会,周边百姓都来了,热闹儿和排场令人赞叹不已。正月十五的人物灯和亭阁花灯颇有地域性。人物灯迎起来了,千手观音、汉钟离、张果老、铁拐李、韩湘子等各路神仙到齐,仿若神仙聚会。亭阁花灯犹如一座座单间的三层楼房,亭阁上布满各种雕花,画上彩色山水、花鸟和人物,写上古诗名句,花灯外围再装饰上华美的大红灯球、彩花以

我们的村庄

及小彩旗，华美异常。迎大旗更是壮观，"以竹为竿，下益以木，以绸为旗，方可十丈许，画以人物老虎，其大者升之百余人"。据当地老人说，最多的一年，茶场庙周边竖起了三十六面大旗。周显岱有诗描绘了当时盛况：

十月中旬报赛忙，茶场卜得看场狂。

裁罗百幅为旗帜，高揭旗杆十丈强。

而这样的盛会，是乡人自发组织和参与的，他们想用这份热情表达真诚的感激。这份感激穿越了漫长的时间，穿越了人神之间的隔阂，如此富有仪式感，如此熨帖人心。

许逊是古茶场最古老的神，是茶农最信任的神。

茶博馆内的三块石碑被称为"镇馆之宝"。清代道光年间，朝廷在茶场立"奉谕禁茶叶洋价称头碑"，咸丰年间立"奉谕禁白术洋价称头碑"，光绪年间又立"奉谕禁粮价洋价称头碑"。三个不同时期，官方在此设立了关于茶叶、药材、粮食的称头碑，现在集中展示于一处。如果一块称头碑代表着一个时间，那么，仿佛是将三个时间压缩，而后肩并肩地站在一起。石碑上记录着价格和交易制度，文字已模糊，即便在强烈的灯光下亦是不可明辨，似乎是被哪只大手悄悄抹去，留下依稀的身影。

但不管文字模糊与否，都说明着在古代，茶场于官方于民间都有着不可或缺的实用价值，而这三块石碑有幸能如此完整地留存下来，即便放眼全国亦是寥寥无几。据说，古茶场的存在填补了我国文物保护史上的茶文化空白，被列为全国重点文物保护单位。

下雨了。古茶场只剩下我们，变得空旷。静极了，如丝如缕的细雨斜织着，润物无声。置身于这样的静中，仿佛看见时间的针脚在走动，一会儿拉得很远，一会儿又拉得很近。

想起一个人的诗：

我们心里是否仍有空地，放得下一个茶桌

万事沸腾，终究半凉

这无边空蒙，正好收进一盏茶里

世事就如一盏茶，不管曾经辉煌如何，终究归于沉寂。但这份恬淡的心境，仿若茶场的无边空蒙，需要走过人生的千山万水方能明白。

也坐下来喝个茶，喝一杯"婺州东白"，青绿的嫩芽在水中沉沉浮浮，升腾的雾气中袭来袅袅茶香，深吸一口，这份来自玉山山野大地的清欢沁人心脾。或学一学唐人煮茶,"采之,蒸之,捣之,拍之,焙之,穿之,封之",而后用火烤炙,用茶碾碾碎,用筛子筛成细末,再放到开水中去煮。又或学宋人点茶,炙茶、碾罗、烘盏、候汤、击拂、烹试,一步步不慌不忙地走下去,将时间和心思一点点收拢起来,慢条斯理地喝出茶之雅意。我们虽不如他们讲究,用大盖碗、玻璃杯冲泡出的"婺州东白"或许过于直白,但"婺州东白"还是"婺州东白",就如不管风云如何变幻,茶场还是那个茶场。

即使没有茶,就这样坐在廊檐下也好,思绪里关于茶的故事风生水起,正穿越浩浩汤汤的时间山水奔赴而来。

马塘村 宋代古茶场

/ 乌石村 /

春天正在醒来

每一块石头自有来处，又各有归处。

亿万年前，世界混沌。蠢蠢欲动的火山岩浆暗潮汹涌，急于找到一个突破口。终于，火山爆发。炽热的岩浆喷涌而出，仿若赤色的洪水汹涌澎湃，倾泻万里。岩浆吞噬一切，冷却后凝固成姿态各异的巍巍岩石。岩石通身乌黑，似乌木，似煤炭，被称为玄武岩。于最热烈的火中涅槃，玄武岩从此练就了坚强隐忍的性格。

亿万年过去，万象更新，世界早已是一番欣欣向荣的景致。沉默已久的玄武岩，也以另一种方式得到重生。

海拔五百多米的高山台地之上，山民看中玄武岩稳重可靠的品质,将它请入村中,用以打造自己温暖的小家。他们见它通身乌黑就喊它"乌石",仿若呼唤熟识的老友,充满亲切与爱意。乌石也似通了灵性,慢慢收敛纵横山野的乖张脾性,隐去身上的棱棱角角,变得温顺可亲。它们源源不断地涌进村子,找寻最合适自己的位置。

乌石们选一处平整的空地,规规矩矩地排出一个又一个队列,像列队的士兵。首先,竖着身子往高处排。长相方正且体型相似的,我拉着你的手,你踩着我的肩,齐刷刷地站成一堵方方正正的墙。假如我的棱角未收敛到位,仍凸出一个角,你则刚好凹陷一个口子,那么,就凑一凑,像恋人一般紧紧地抱在一起,抱得脸贴着脸,心贴着心,齐整整地抱成另一堵墙。墙中的乌石看起来显得琐碎,似乎不掺些石灰水泥就不会牢固。但实际上,这是我们多虑了,每一块乌石收敛了自己的重心,找到了最牢靠的支撑点,相互作用与团结协作的力量早已大过了石灰水泥的黏力。如此,成千上万的乌石凑在一起,凑成三面墙,凑成三角状的屋顶,再凑上乌黑的瓦片,凑上木质门窗。一座乌黑的石头房,又一座乌黑的石头房,一个温馨的小家,又一个温馨的小家,立起来了。随后,厉氏家庙、龙湾堂、睦雍堂、忍德堂、惇睦堂、经纬庙,也立起来了。

或者放低姿态,低到尘埃里去。横着卧下来,选择一个舒服的姿势将身子躺平。身子的一部分卧进金黄的泥土中去,体格小的贴着地表,浅浅地卧下,体格庞大些的,就卧进去多一点,再多一点,直到地面上是平整整的。坡度大的就势叠成台阶,就这样,一条条幽深的乌石巷在房前屋后蜿蜒,像游走的绳索,四通八达。形形色色的脚踩上去,脚步声啪嗒啪嗒地回响。

如果是个身材修长的谦谦君子,就找来两位矮个兄弟,如抬轿一般,每位抬起一端,稳稳当当地立于屋旁的空地上。一条结实的长石凳就成了,茶余饭后坐一坐,经年的温暖蔓延全身。或者架在水井旁,从此成为一块兢兢业业的洗衣石。清亮亮的井水反复冲刷日子,洗出清亮亮的生活。若是大块的乌石中间刚巧有凹槽,那就将就着做成石臼吧,端午中秋重阳除夕,在这些美好的传统佳节里,喜滋滋地捣个麻糍年糕,嗨哟嗨哟的捶打声与笑声闹声交织一处,此起彼伏。

仿若勤劳的燕子垒起朴素而精致的泥窝,一个乌石垒成的村庄出现了。乌石稳重地交出一份漂亮的建筑作业。乌压压的石头纵横交错,又秩序有加。乌压压的屋顶横平竖直,错落有致,一个叠着一个,一个托着另一个,是重复和叠加的完美呈现。乌石成了村庄的血与肉、筋与骨。村庄成了乌石最热爱的舞台。它们尽情表演,将独特的天赋发挥得淋漓尽致。它们撑起一条路，一条小巷，一堵墙，一口深井，一座又一座石屋，一个又一个小院。眼目所到之处，皆是乌黑的石头；伸手可及之物，亦是乌黑的石头。这样的村庄看起来多些沉稳，让人踏实。大风大雨它不怕，冰雹雨雪它也不怕，一千多年过去，仍踏踏实实地做自己。据说，乌石村始建于唐朝贞观年间，是全国现存最完整的乌石古村落之一，被誉为"世所罕见的燕子垒窝型乌石建筑群"。

乌石身上隐藏着许多细密的小孔，仿若藏有许多小秘密。布满小孔的乌石会吐纳呼吸。它们吸收日月精华，吐露芬芳。炎炎夏日，它们将热量储入身体内部；寒冷的冬日，又将热量源源不断地散发出来。住在乌石屋里，冬暖夏凉。

走入这样的村子，仿佛走入一个奇妙的幻境。伸手触摸或光滑或粗糙的墙面，恍若触摸到了时光的纹路，坎坷而又平顺。沿着石块之间拼接的线条勾勾画画，似乎自己也成了其中一块，散发微光。人常说金子总会发光，其实，乌石也总会发光。黑色是世间最沉稳的颜色，低调内敛却自有风度。你看，阳光下，月色中，乌石熠熠生辉，散发出诱人的光芒。而雨一过，乌石仿佛着了亮色的油漆，好看得不行。

之前，乌石村叫管头村。有说法是周围群山连绵，宛若游龙，而这里处于龙头之处。放眼望去，群山身后是群山，峡谷之外是峡谷，山脊首尾相连，真若一条巨龙盘旋空中。几座村庄点缀于高山之巅，宛若被众山捧起的珍珠，又如山头戴了一顶美丽的皇冠。也有说这里出了一位抗倭功臣，当地人称带头官兵为管头，名字也由此而来。但不管过去如何，如今，用一块石头命名一个村，足见这块石头的地位不容小觑。而乌石也果真不负众望，带领一个村子名扬天下。中国传统村落、中国美丽休闲乡村、中国历史文化名村、国家森林乡村，各种荣誉纷至沓来。从此，乌石村真正成了高山台地上的一颗璀璨明珠，散发着迷人光芒。

春日到达乌石村。乌石千年不变，似乎十分古老，又似乎年年岁岁一个模样，从不曾老去。村口的白玉兰盛开，几条大枝丫顶着一身白雪，亭亭立于池塘边。树影落入水中，水便多了几分活泼泼的姿色。仿若一声召唤，乌石的春天便会醒来。

龙潭口的春天

　　它几乎算不得一座村庄。太小了,十来户人家,又丢进大盘山深处,就如滴水落进大海,了无痕迹,是个可有可无的存在。只是,门口经过的公路出卖了它,让它呈现于过往行人眼前。我们在茫茫丛林中穿行许久,误以为树的远处还是树,山的前面仍是山,却是突然地,瞥见公路边落着几座红瓦房。不由感叹一声:尚有人家呢。但也只是感叹一声的工夫,它便被丢在身后了,就像车窗外倏然闪过的油桐花。

　　我无法细述油桐花的美,只是喜欢极了它。一朵一朵看时,是素净的米白,透着温婉之气,即便有着暗红的花芯以及喇叭状的花形,仍不能打破其与生俱来的静气。一树一树看时,又是活泼泼的、闹腾腾的。它们一门心思地开花,开得那般心无旁骛,新叶亦只能姗姗来迟,待到花将尽时才于花簇边缘撑开黄绿的小身影。时间到了谷雨节气,山中油桐花万里,仿佛一朵又一朵体态优雅的云在漫步。

谷雨是春天的最后一个节气,山间处处都是蓬勃的生命。在这样的时候去看山,不管以何种方式切入都不会唐突。新绿真是好看,娇嫩的,崭新的,这儿一丛那儿一簇,是大自然清新的眼。花儿怎么也开不尽,一茬接着一茬开,开到谷雨,已是芍药、鸢尾、紫藤、杜鹃、泡桐、金樱子竞相绽放的好时节。接下来,我喜欢的苦楝花要开了。民间向有"苦楝花开,告别春天"的说法,这意味着时间已然来到春天的末梢,再开过一味花就要和夏天相见了。仿佛,时间就是和一味花告别,和另一味花相见,时间的到来与消逝,亦就在这满山的花开花落之间。绿叶和繁花是大山的春日表情,也是这个坐落于大山深处的小极了的村落的表情。

我对这个小极了的村落充满好奇。人类素来是群居动物,喜欢人多,喜欢热闹,一个村若要有一个村的体面,大概首先得人多、屋子多、良田多,要有规模才有排场和底气。而它却似故意要躲，躲开人群，躲开世俗的规律，躲进深山老林，躲入只看得见自己的家园。我猜测，在久远的从前，这里大概只有一户人家，像一粒种子落进深山，种子生根发芽，开花结果，速度却迟缓，许多年过去，亦是不能繁衍成泱泱大村。抑或只是不久之前，有人厌倦了拥挤的生活，便约上亲朋好友来到此处另辟蹊径。他们也开花也生长，只是速度依然很慢，多年过去，村子仍是小得可怜，甚至比原来还要小。有几户显然已经搬走。

当然，这些都是我无端的猜测。我以为人是奇怪又冲动的动物，会因为一些事毅然决然地抛开另一些事，就像在幡然醒悟之后，转头与过去告别，做一场彻底的断舍离。当然，也会在人群中待久了，因为某些深远的孤独而选择走入更深远的孤独。当初，那户人家深入大山，也许是为了抛开一些事，也许是为了寻找更深远的孤独。又或者，那是不能称为孤独的，只是人到了一定的阶段，会莫名喜欢清静，喜欢隐匿，隐于闹市仍不过瘾，便隐于山林，隐于大自然深处。

这些猜测听起来很有些理想主义，有点不切实际的况味。但如果非要为村子的存在找寻一些更切实可靠的理由，倒也是可以找到的。据说，南梁太子昭明曾在大盘山结庐读书,此处是进入大盘山的一个通道。后来人们为了纪念昭明太子,在大盘岭头建造昭明寺,寺庙香火旺盛,来往香客络绎不绝,此处亦是必经之路。这里古时也是仙居通往东阳的商道,商贾反复往来,亦曾一度人声鼎沸。热闹之地出现集市出现村落亦是情理中事,眼前的小村大概就是这样来的。它遗世独立般地存在着,也许是留守,也许是等候。

靠近村口的几户搬走了,三两泥墙屋颓废着,塌了大半的屋顶岌岌可危,椽子张牙舞爪地挂着,面目全非。主人家顺其自然的态度让它成为被遗弃之物,再也无人问津。无人居住的屋子老得飞快,大概再过几个时日就全塌了,也许不会,有时,颓废的事物反而长久。只是,它也应有过辉煌的岁月。从前,屋顶有屋顶的样子,庭院有庭院的样子,泥墙和门板各司其职,为一个家遮风挡雨,而屋檐下的日子酸甜苦辣咸,五味俱全。只是,时间让过去的过去,让消逝的消逝,又让存在和消逝同样显得理所当然。即便村口的屋子颓废成如此,边上人家的生活仍旧秩序井然,橘红色的琉璃瓦仿佛是新换的,在绿泱泱的春山中十分惹眼。

我分明靠得足够近,站在村口,走入村中,一步步靠近最真实的生活内容,却总被一种疏离感拉扯着,感觉是在欣赏一幅山水田园画,遥远的,陌生的,村落是村落,我是我。如果用笔画下来,疏疏落落的几笔就可概括所有。远处铺上大块的绿,绿色层次分明,深绿、浓绿、嫩绿、浅绿,接着用红的、紫的、米白的点缀上花朵,再用青灰色线条勾勒房屋轮廓,前面一长排,后面一长排,再后面还有一排,刷上土黄色的墙,盖上红色琉璃瓦。屋旁有菜地,屋前是空地,停有两辆车,屋子四周分布竹林,长满密密麻麻的竹笋。再住进两个人,他们是画面的灵魂。阿婆在地里侍弄菜蔬,阿公在门前整理柴火。他们的动作不疾不徐,自带静气。阿公扭头望了我们几眼,没有说话,仿若话语已是多余。他把一捆竹枝梳理齐整,再用一条青布带绑好,置于一角,又扛起锄头去屋边的竹林里挖笋。刚下过一场春雨,竹林间空气湿润,竹笋像灰色的小塔插满竹林,有一种黑压压的热闹,它们旺盛的繁衍能力令人折服。阿公看中一个刚从土里钻出不久的笋芽,刨开四周的土,抡起锄头用力一挖,笋出来了,胖嘟嘟的样子十分可爱。阿公劳作的模样像一幅古老的图画。

竹林边的百年枳椇在这个春天没有醒来,空举着光秃秃的枝干,可能会在下一个春天醒来,可能再也不会,生命的来去存在必然性,也有诸多偶然性。几百岁的香樟裸露着庞大的根系,像青色的大爪牢牢地抓住身下的土地,根脉在黑色的土壤中纵横穿梭,伸向空中的枝丫一半枯死,一半正在换上最嫩的叶子,生与死就这样在同一个生命上尽情演绎。路边倒着一块牌子,上面写有"龙潭口"。这大概就是小村落的名字,渺小的身躯配上一个霸气的名字,隐隐透出一层捉摸不透的神秘感,却不知上游是否真有一口龙潭。

朋友说:"这村子真好,像世外桃源。"她对眼前的村落给出了最高级的赞美,这赞美是她从书中学到的。我们虽没见过世外桃源的真实模样,却是一千个读者一千种理解,自从读了《桃花源记》,它便活在了我们心中,遇到表达不了的赞美就说这是世外桃源。这时,意象的世外桃源终于活成了具象的世外桃源。我甚至有一点儿感激这几座普通的房子,感激房前长满蔬菜的土地,感激地头侍弄菜蔬的阿婆、门前收拾柴火的阿公,也感激绕着房屋淙淙作响的龙潭水,以及满满当当包围了村落的竹笋、鲜花和绿叶,这些普普通通却又实实在在的事物,让一个小极了的村落也有了丰富的精神内核。

山中无所有

　　望出去,可以望得很远。天边的云,远处的山,深邃的山谷,黝绿的山林,尽收眼底。又似乎仅止于眼前这些了,没有人家,没有田畴,只有这里,以及身后的村庄。若在从前,定是村深不知山外事,关上一重又一重山门,这里的消息很难出去,山外的消息也很难进来。

　　我们所在的位置是马祥村的水口。那天,酒娘说,源头村身后还藏着一个村子,村名忘记了,但水口是真美,说着翻出照片给我看。照片里有古树群,有老石桥,有亭子和水瀑,古老又宁静的样子。据说,还出过一个很大的官。当时,酒娘是机缘巧合误入其中,看见有路就找去了,我们则是跟随她的脚步寻踪觅迹,去见识照片中的好风光。

其实比照片更好看,很多风景是拍不下来的,相机定格的瞬间,风景就成了过去式,照片虽可以存在很久,但那存在也只是存在而已,缺少发展的空间。很多风景也是无法描述的,即便费尽心思也会词不达意,唯有一点一点靠近,用心感受,才能读懂它的美。青石块砌成的拱桥横卧溪上,年老的枫树、柏树分立两岸,铺排开浓密的绿。阳光从枝叶的空隙里漏下来,在初夏的嫩绿衬托下,闪着耀眼的金光。人走进那些光里,也会闪耀好看的金光。

水声响在耳边。这些水流向源头村。源头村村口建有源头水库,水库里的水向来让村人引以为豪,说是源头水,活的、清的、甜的,甚至用了朱熹的"问渠那得清如许,为有源头活水来"作为座右铭。水库里的鱼也特别好吃,之前是源头农庄的一大卖点,常有城里人慕名而来。如此说来,马祥村的水实在是一脉好水,它是源头水的源头水。

我们在水边煮茶。我们不知山中有好水,特意带了桶装的纯净水。实际上,置身于这样的山野,我们不得不承认自己知识浅薄,我们对好水的认知过于固化和单纯,以为好的让人放心的水都是经过加工处理的,殊不知再纯净的水也比不过天然的。水自村后的峡谷中来,流过村旁,来到水口时,不仅有了山野大地的灵气,也有了乡村生活的温度。水静静地流过来,深处成湾成潭,养育两岸的生灵,也养育水中的鱼虾,到达水口时突然加快了速度,奔跑起来,跳跃起来,像体育赛事中的三级跳远或撑竿跳高,而后落进脚下的悬崖中,有种不管不顾的潇洒和决绝。水撞击着嶙峋的山石,盛开洁白的水花,又像珠链断了线,颗粒分明地蹦得到处都是。水撞击水的声音,水撞击山石的声音,哗啦啦地响。

我们喝的是藏了七年的老白茶,白茶素有"一年茶,三年药,七年宝,十年丹"的说法,喝茶是雅事,亦是摒弃身外之物向内探寻之事。前些日,孔老师说,你如何对待茶,茶便如何对待你。孔老师是一位资深茶艺师,爱茶爱了一辈子。她与茶相伴,视茶为知己,泡茶时周身聚集起来的静气令人动容,她泡出的茶自然高人一筹。温杯、投茶、洗茶、冲泡、出汤,茶香在林木间飘散,透过林间漏下的光束,氤氲的水汽袅袅上升。茶汤甘醇,有着如同巧克力一般的顺滑,轻啜一口,觉得无限温柔。果然,给茶一个好的环境,它便沾染了山野的灵气;给它时间,它便展现时间的魅力;给它温柔,它便报以温柔;若是再给它足够的耐心,它的松弛舒缓愈发令人沉醉。

我注意到地上到处都是蚂蚁。它们看起来十分忙碌，或许并不如我们眼中那般忙碌，只是数量太多造成的假象。成百上千的蚂蚁动一条腿，就像成百上千的蚂蚁在动，再动一条腿，又有成百上千的蚂蚁在动。它们在古老的柏树上安家，小小的洞穴深深地探入柏树内里，住在这样的洞里，周身萦绕的是清新的柏木香。洞穴口有几条显眼的纹路，纹路深入柏木肌肤，歪歪扭扭地通向树下的土地。蚂蚁们就在这些路上来来回回。我们不禁感叹，那是路呀，是蚂蚁用脚踩出来的路，好神奇。只是，那么小而单薄的生命，得走上多少遍才能打通一条路啊。我不知道柏树会不会疼痛，但从它风轻云淡的样子以及蚂蚁们兴高采烈的神情来看大概不会。自然界的神奇不仅在于物尽其用，更在于彼此克制又能相安无事。

我们在水边煮茶时，好多蚂蚁被吸引过来了。我把蛋糕扯成小小块丢给它们，我以为扯得足够小，对它们来说仍是庞然大物。它们越来越多地聚拢过来，围着蛋糕团团转着，像在商量对策。我不知道它们有没有吃过蛋糕，但从兴奋的样子来看应该是喜欢的。它们聚集的时间不长，仿佛每一只蚂蚁都有了新任务，立马分头行动。有的扯下一小块扛着走了，有的三五只聚在一起抬着走，也有两只谈好了合作方案，取了稍大的一块扛着走。我的眼神跟着它俩走，却在半途，其中一只突然离开了，另一只只能摇摇晃晃地顶着走，又跑来另外一只，凑过来搭了把手，转个身也走了，后面也来过几只，但终究只剩下原来的那一只，其他的该走的都走了，该散的也散了。每一个生命都有自己的生活秩序，也许，独行才是亘古不变的主题。

朋友问："在发呆？"

我说："看蚂蚁搬东西。"

她们笑而不语。

我说，许久未干这事儿了，之前一次大概是很小的时候了。

身后的村庄与大山里的其他村庄相似，依山而建，房子一层一层贴着山体建，更大的平地空给大会堂、综合楼以及门前的田地。村后是两个山谷，往左边的山谷去，是花溪，往右边的山谷去，可以到达大盘山尖。到花溪近，大概十里光景，到大盘山大概二十里，就是路途远一点，朝着一个方向走，终究能到达。走过那么多地方才发现，我们终究生活在大盘山脚下，称其为母亲山实在是名副其实。

她在一个不锈钢盘子里，用一只锈迹斑斑的铁锤敲打半边莲，叮叮当当响。她是村里的普通妇女，穿红衣服,脸也红扑扑的,五十多岁光景。半边莲具有清热解毒、利水消肿之效。它长在水田边,水田好便长得好。她说,以前十分常见,我也有似曾相识之感,只是想不起来哪里见过。而今已不多见,水田不常种了,有的荒废了,杂草湮灭了土地,有的变成了旱地,象征性地种点蔬菜瓜果。

她说她特意种了一点半边莲,以备不时之需。她的牙龈发炎了,但并不慌张,说喝了半边莲的汁水立马能好。她大概经常用此种方法解决身上的病痛,眼看着盘子中的半边莲在她不间断地捶打下,慢慢变成糊状,渗出墨绿色的汁液。她颇为满意地看着盘子,有种胜利在望的感觉,仿佛看到了药到病除的画面。她耐心地敲下一锤又一锤,似乎每一锤都敲打在产生药效的节点上。

我看着这样的画面,觉得有点儿陌生,又有点儿熟悉。在山外,如此费心费神的制药方式已不多见,买一瓶药多方便,而且可以保证卫生质量。再看她,未戴手套的双手、锈迹斑斑的铁锤,不知沾染多少细菌,换了我是不敢喝的。但看她神情里的笃定,又觉得她才是对的。

她说,早年也待城里,给孩子带孩子,现在孩子大了就住回来,空气好,住着舒服。我知道,空气好是其中一个原因,更重要的大概是住着舒服。这里是她的家园,她可以自由自在地生活。这里有她的朋友,她的青春,她的三餐四季,她的过去以及未来。旁边住着的大都和她一样,差不多年纪、差不多经历,他们年轻时也去外头闯荡,年纪大了就回来,陪伴生养他们的村子过完后面的日子。而一辈子就这样过去了,似乎很短,无非是因为一座村庄出去又回来,回来又出去。

那个男孩子大概是村里年纪最小的居民。他跟着奶奶住,大概不到上学的年纪,才可以心安理得地住在村里。一旦到了上幼儿园的年纪,与村庄的缘分就差不多尽了。接下来,他得到山外去,去镇上或更远的县城。上幼儿园只是个开始,之后,小学、中学、大学,会排好队似的迎接他,他的时间大部分给了学习,给了山外的世界,他再鲜有机会像现在这样腻歪在奶奶怀里。其实,之前村里也有过幼儿园,有过小学,即便规模不大也可以安放下一村人的童年,停靠站内被遗弃的课桌椅有一点点陈旧,一点点落寞,但桌上显眼的"三八线"以及深嵌其中的"早",总能让人想起那些从前的故事,遥不可及又历历在目。现在,逐渐老去的村庄已装不下太多东西,也许是人们的梦想大了,一味地想要走出去,而从集体出走的那一刻开始,村庄就已经走在迅速老去的路上了。

"不听话就叫阿姨们带走。"奶奶们哄骗孩子的方式似乎亘古不变，我记得我奶奶也不止一次说过这样的话。男孩子愈发羞涩地笑，愈发使劲地往奶奶怀里钻，生怕真的被带走了。这样怯生生的神情许久不见了，现在的孩子大都被教育得落落大方，难得保留天然的纯真。当然，这与他的小有关，但也许和住在村里没见过多大世面有着更重要的关联。也许，等他长大以后，会感激眼下的这些日子，也许不会，他还太小，不一定记得住。

张渔是个吃货，她信奉"万物皆可食"的律条，一旦进了村子就像进了她的专属场域。她兴奋地到处看，鱼腥草、蒲公英、鸭儿芹、水芹菜、苦叶菜、桑叶，见一个说一个"好吃"，又随口说出各路野菜的吃法，总结出"春天的嫩芽大都可食用"。我不知道要经历多少事才能积累成脱口而出的经验，记得刘亮程也总结过：羊可以吃的，人也可以吃。果然，有趣的灵魂总会有自己的发现。乡村的博大也真让人无可挑剔，她迷上荒野茶，在田埂上、水口庙前看见无人采摘的野茶心动不已，也观察着四周动静伺机而动。实际上，村人早已放弃立夏之后的茶，管理茶园的最好方式就是用一把电动大剪拦根剪去，而这些零零星星流落荒野的茶从来不在视野之内，田间地头已经够他们忙活了，至于其他的就送给山野大地，听之任之了吧。张渔把采来的茶叶摊在帕子上，我们在一旁喝茶，看着茶叶慢慢地收敛再收敛,愈来愈认真地抱紧了自己。剩下的,就交给时间,任凭它在时间里不停歇地催发自己,慢慢变成一款口感极佳的老茶。

酒娘是个花痴,看见野花野草就想摘回去插进陶罐瓷罐里,野花野草入了家门仍带着野趣,她家总充满清新自然的山野气息。眼下,毛茛花开得遍地都是,油亮的光泽和明亮的黄十分惹眼,她摘了一把拿在手中,仿佛握了一群发光的黄蝴蝶。

她们都找到了自己对山野村庄的理解和需求,我却有些茫然。我的本意是来看风景的,期望着能遇到好风景。遇到好风景了,又期望着还能看到另外的东西,比如酒娘说的之前出过的很大的官,比如眼前这座村庄的过去、未来以及眼下不为人知的故事。但很多时候,很多东西是看不到的,每个村庄都有属于自己的隐秘的忧伤,就如我也有属于自己的隐秘的忧伤。时机未到,也许是我们能找到的最合理的答案。

马祥村　山中无所有

墨林村 / 翰墨传家久

水在流动。穿村而过的溪流，山涧跌落的清泉，哗啦啦地响，在近处，在远处，仿若笑声，那么欢快。风停在树梢，观察一年中最好的绿。豆绿、青绿、碧绿、黄绿、墨绿、森林绿、苔藓绿、松石绿、孔雀绿，数不清的绿蓬勃在枝头，停顿在廊桥边、山道旁，延伸进群山腹地的角角落落。年年岁岁热衷于看春绿，却是头一回发现水杉可以绿得那么纯粹，枫杨可以绿得那么明媚，而香枫改变了我传统的认知，秋日里红得似火固然热情可爱，眼下却是浑身上下绿得通透，真叫人不知如何去怜爱它，只能慢慢地看，一遍又一遍地看。看久了，仿佛自己也成了绿的一部分，一株草，一枚叶，抑或是那棵站立水边的水杉。

满目都是绿色的生命。我们坐在一棵千年香榧树下，千年的光阴在身边缓缓流逝。阳光漏下来，是枝条的形状，是叶片的形状，是枝条与枝条、叶片与叶片交错的形状，是枝叶拂动时风的形状。香榧叶打破新叶换老叶的格局，让新叶沿着老叶的脉络生长，仿佛一个新的生命站在另一个生命的肩膀上，亦好像刚走完了一生，重新长了出来。它们挨挨挤挤地簇拥一处，有种错综迷离的美。枝头果实青绿，密密麻麻挂了一身，再过几个月，便是硕果累累。而眼前的芍药可爱极了，方才拳头似的花骨朵儿，一盏茶的工夫，伸展开两个花瓣，又一盏茶的工夫，又伸展开两个，待我们离开时，只握着一个花瓣了，也许晚间一阵山风吹过，它便开全了。这多么像初生婴儿粉嫩的拳头，悄悄舒展开一个手指，又舒展开一个。在这样的舒展中，时间缓慢又悠长。

拾级而上，是螺丝岩寺。半山腰果真看见一块岩石，甚似一颗横卧的螺丝。旁边一棵大树也旋转着生长，亦如一枚直立的螺丝，旋涡一般的纹路清晰可辨。不知是名字影响了它的成长，还是它的形状影响了名字的取舍。树上挂着树的名字，叫糙叶树，挂着黑乎乎的纹路、黑乎乎的木耳，也挂着墨绿的苔藓以及五百一十五年的树龄。

山中树木千千万万,但凡能有名有姓地被标注出来的,都是时间长河里的王者。它们因年岁久远而与众不同,又因与众不同而被记住。在树的世界里,五百一十五年是一个不长不短的年纪。

几乎每座村庄的村口都有寺庙。大部分寺庙与村庄挨得很近,近得不分彼此。寺庙似乎守在家门口,进入村庄必先经过寺庙,离开村庄最后告别的也是村口的寺庙。螺丝岩寺离得远些,用一片墨绿的林子与村庄隔开,林子形成一道天然的屏障,仿佛拉开神人相处的最佳距离。

和其他地方相比,螺丝岩寺规模相对大些。它贴着崖壁而建,既显得小心翼翼又让人觉得神奇,真是方寸之间大有可为的样子。但这只是一部分,往后面走,几座崭新的小楼拔地而起,明晃晃的黄稍显突兀,却是一下子就收敛了所有人的目光。再往后走,是豁然开朗的另一片天地,仿佛一座绿意葱茏的植物园。绿意笼罩下,是清风吹动的声音,鸟儿歌唱的声音,野果成熟的声音,而风车茉莉,忍冬,蒲儿根,苦楝花,传过来一阵又一阵迷人的花香。

这便是墨林的村口,被绿色充盈的村口。我在春天的最后一个节气来到这里,以为村名就是这么来的——墨绿的林子,墨绿墨绿的林子。若是如此取名,实在算得上是名副其实了。但实际上,前人比我们想象的要婉约,又不乏浪漫诗意,如此取名过于直白缺少意境,不合乎他们的情怀。《墨林郑氏宗谱》载,该村始祖郑境于元统年间从窈川迁居墨林。郑境为元大德四年(1300)庚子科进士,授江南道提举。史料记载,至治元年(1321),郑境辞归孝伺父母,一举一行,必禀命而后行。乡亲如有困难,亦是鼎力帮助。他推崇以文化人,重视教育,嘱咐其后人要"翰墨传家",期望"文士如林",又见其地森林茂密,荫翳浓郁,故称之为墨林。

尽管怀揣着"翰墨传家,文士如林"的殷殷期望,却仍旧离不开这一片颜色墨绿的好山水。窈川距墨林不远,走路也只需小半日。况窈川因"林壑幽邃,山水融结,泉甘土肥,草木畅茂"而取名,亦属幽静之地。那么,迁居墨林只不过是在一片墨绿之外找寻另一片墨绿,在一种幽境之外发现另一种更幽之境罢了。也许,前人对山水的选择是十分执拗的,寻寻觅觅,踏遍千山万水总要找到最适合自己的一处。

以这样的背景为底色,进入村中,墨绿色便成了乌黑的瓦片,深邃的小巷,曲折的石板路,方正的三合院、四合院。在这方古意犹存的村落里升腾起人间烟火,朴素而生动,仿若一直在沿承某一种传统,亦是在时代千变万化的洪流中努力保留自己的底色。一座村子,走过近千年光阴,仍旧保持原来的样子,实属不易。

而根据"翰墨传家,文士如林"的期望,村庄按"文房四宝"设计建造,以金墩山两棵红豆杉为"笔",以前门塘做"砚池",以铺满河石的义和堂院场做"墨",以村边六十秤、三十秤等田为"纸"。一份心思,如此雅致而有趣,亦是难得了。如今,红豆杉已长到八百多岁,"砚池"年年如此,"墨""纸"犹在,那么多年过去,墨林都在以天地山川为笔墨,书写下新的传奇。

我在一条巷陌中遇到正在闲逛的老奶奶。她虽手挂拐杖,却走得轻盈。我们一路跟随,来到她家门前的空地上。她与外来的我们没有疏离感,热情地和我们说话。她耳聪目明,说话掷地有声,脸上写满豁达与骄傲。她说她一百岁了,四世同堂,有六个重孙。又说,平时吃穿用度都是晚辈孝敬的,并抬了抬手,示意手上抽的烟也是,已经抽了几十年。还说,明天有几百个深圳人来村里玩,也欢迎我们再来。我不知道她有没有去过深圳出过远门,但实际上一辈子不出门,就这样窝在一个村子里长命百岁也是幸福的,而村里如她一般的长寿老人比比皆是,大概和代代相传的孝道有着重要关系,当然也和墨林美好宜居的环境分不开。

和老奶奶挥手再见,即将转入拐角,回头看时,发现她仍然站在门前的空地上,面带微笑,身后的红豆杉一身黝绿。

山中无所有,但至少,看了一天的绿,我们的眼睛舒服极了。

最忆是故乡

哥哥突然向上跃起，一只手迅速擦过低垂的红豆杉枝梢，而后摊开手心。

墨绿而细长的叶子间，躺着三五颗娇艳的红豆。拾起一颗放入嘴中，甜津津、滑溜溜而又黏糊糊的感觉沿着舌尖蔓延，直到唤醒记忆深处异常熟悉的味道。

小时候，每年秋天，大人们总会摘下红豆（据说泡了红豆的白酒能抗癌），小孩们也能分到一些。甚至有一年，有人架了梯子，爬上树梢摘红豆。我也跟着爬了上去，坐在树杈间摘果子，摘下满满一篮。这是一个美好且令人骄傲的日子，一个女孩平生头一次爬上村里最为古老的大树，像一只鸟儿穿梭于枝丫间，收获玛瑙一般的果实。日后，每当经过树下，我总要抬头看看树。古树依旧，风光依旧，只是那个美丽的秋天成为越来越遥远的回忆。

从那以后，我们再也没有爬上过树。红豆杉的身上挂出一块古树名木的牌子，它有了不一般的身份和价值，不再允许有人肆意妄为地爬上它，采食它身上长出的果实。它被保护起来，我们可以陪伴它，看它成长，却不能再做任何伤害它的事情。每年红豆仍旧红红火火地挂一身，有一些枝梢似有意地低垂下来，个高之人只需踮起脚尖就可够着，但满身的果子却只能默默红透，发黑，掉落。等到地上落满干瘪而黑皱的豆子时，一个寂寞的秋天就悄无声息地滑过去了。

这是我的故乡尚路研的村口，五棵古树形成一道天然的屏障。三棵红豆杉，两棵香榧树，却因为长得相似，不细看，以为是一片红豆杉群。大树参天，遮住天空洒下的阳光，遮住我们望向天空的目光。拥有一个长满古树的村口是一座村庄引以为豪的底气，树有多大，村庄就有多久远。从这里出发，往上走一点，或往下走一点，一个村庄的面容渐次呈现。往上看，山谷里是错落有致的屋舍，往下看，山谷里亦是错落有致的屋舍。在这个依山而建的小山村,村口的这几棵大树似乎是一个分水岭,加上中间的一片平地,上半村和下半村泾渭分明。

只要有一丁点儿土地,树就会往下扎根往上生长,直到长成参天大树。房子也是如此,像树一样,在自己的平台上顺势生长。在金贵的土地上讨生活,先要服从土地无声的指挥。宽敞处长成一个周正的四合院、三合院。狭长处长一长溜房子,摩肩接踵地排过去。再狭一点,长个三五间,甚至一两间。房子的朝向也遵循地势地形,朝南朝西朝北朝东,什么方向都有。远远地看,这是一个层层叠叠的村庄,是一个梯田式的村庄,错落的房屋就像田地里错落着长出的庄稼。

然后,在屋边添块菜地,前面添口池塘,左边安排一条路,右边再安排一条路,稍远处布置一个晒场,主人按照喜好种上梅树桂树桃树李树梨树柿子树,喜欢开花的开花,喜欢结果的结果。而有些树不曾播种早已随风潜入,野核桃金钩梨像悄悄抵达的村外来客,不那么招人喜欢也不那么惹人嫌,择取一处安静的角落安静地生长,在开花的季节开花,结果的季节结果。而或三五成群,或独木成林的香榧树,更不知何时便在了,它们用老态龙钟的体态告诉我们,时间已在这个村里停留很久很久了。即便不撒花种,鸡冠花凤仙花也开得没羞没臊,随处都是,和见缝生长的野花野草一般有随随便便的心思。稍微正式些的，便搭上竹篱笆或瓜架子，让南瓜丝瓜黄瓜冬瓜葫芦都在上面安家落户，当然，牵牛花铁线莲灯笼花也可以一道怒放。以这样的方式拼凑出来的村庄，看似杂乱，却又井然，看似齐整，又显随意。有时也会埋怨先祖，为何拐上几十道山弯躲入这苍茫的大山深处，来去交通不便不说，无一处平畴亦不是落户之首选，这背后究竟有何难言之隐？但或许，先人留下的诗作《曲岫围屏》可作一解：

山作围屏画不如，天然横闸小村居。

扬云老去嫌多事，推出人来问字车。

先祖有着自己的美学标准，让青山作围屏，让生活有更多闲云野鹤之趣，而我们也许道行不足，尚不能明白他们的境界。

小时年年都落厚厚的雪。落雪后的村子成了孩子们的乐园。陡峭的山路成为天然滑道，用木头横平竖直地敲钉一辆小车，往上一坐，哧溜一声，已滑出数丈之远。又在稍微平整的地方开辟出新的战场，堆雪人、打雪仗、滚雪球，笑闹声、惊叫声传遍整个村落。

长大后，雪不再经常光顾。有一年村里落了雪，我爬上高处俯瞰整个村。薄薄的雪覆盖着万物,又不经意地勾勒出村落明明暗暗的轮廓,底色洁白,线条疏朗,是一幅雅致的水墨图。我拍下照片,发至朋友圈。马上有人问:哪里呀,好美! 又有人说:是小型的"布达拉宫"。

再看照片时,我不禁也学旁人感叹一声:"好美!"这安静而拙朴的村庄,从不曾精心修饰打扮自己,却于无心之处营造出层层叠叠的美意和诗意来。小时不知布达拉宫,亦不懂何为村庄之美,只是玩最素朴的游戏,过最快乐的日子,于是,故乡在心中便成了一个可任性可撒娇可无赖的存在。而后许多年,走过看过的许多风景,却皆不如故乡可爱,大概是发生在这片土地上的爱恨情仇,让我从此念念不忘。

而今,村子拆了大半,建了大半新房,留下的屋子有些自行坍塌,有的计划拆除,身上挂着显目的标签,还有人居住的修修补补,过几年亦是同样的命运。这是我即将消失或改头换面的村庄,是晚辈们眼里重新开始的故乡。也许,晚辈眼里的故乡没有过去,就是现在目之所及的样子,如果日后不再搞大规模拆迁,村庄就一直是这般模样,他们也就不会滋长出太多无处安放的乡愁。但这不过是个轮回,日后之事谁又说得清呢? 我眼里苍老的故乡是母亲眼里崭新的故乡,我只见过唱大戏、放电影的大会堂,而母亲说它的前身是一座庄重而美丽的祠堂,雕梁画栋,工艺精湛,似名匠神来之笔。如今,大会堂早已被钢筋水泥的集体办公楼替代。养育我们长大的家,是父亲母亲结婚时才建成的新房,锅碗瓢盆衣橱柜子,柴米油盐酱醋茶,以及吵吵闹闹的三个儿女,都是他们精心养育的日子。他们为每一个日子倾注全身心的爱,酸甜苦辣的故事讲都讲不完。母亲还说,村口的古树群原不是现在水泥浇筑的齐整规矩的古树公园,而是野趣天成的乐园,树旁的大岩石日日收留儿童嬉戏,大人闲坐,不知抚慰过多少颗躁动的心。香榧树裸露的根虬曲成天然的单杠,结实可靠而带有木质的温软和馨香,亦不知荡漾过多少孩子的欢快童年。

但是,不管过去如何过去,总有一些故事要重新开始。

尚路研村 最忆是故乡

樱花村

安宁之境

这片开阔的水域让我们心生欢喜。

溪水是碧绿的,草木也是碧绿的,体格硕大的枫杨举着亭亭华盖立于岸边,挂满流苏一般的果实。果实是草绿色的,恍如一树绿色的瀑布。凑近看,是无数小蜻蜓竖着绿色的小翅膀排成一串,有几分厚重,是沉甸甸的美,又有几分轻盈,翅膀立着,仿佛随时会飞起来。小枫杨随意地站了一地,好似调皮的孩子跑得到处都是。或欠着身子临水而立,细长的手臂探入溪面,偶尔碰碰水花;或偏立一隅,兀自欢喜兀自忧伤;或直接扎根于深水中央,长叶开花结果,溪水濯洗它们愈发嫩绿的身影。

小满时节,枫杨绿得格外好看。枫杨多的地方绿意深浓,似乎连空气都是绿的。绿色令人安静。置身于这片土地,恍若自己也是一棵枫杨。岸边的小路有着两道深深的车辙,草色在黄泥地间闪现,深深浅浅地没过车辙。沿着小路往前走,以为可以走到溪流的源头,却发现尽头也是一片水,一些草没入水中。大概,是拦水坝的出现,让一些植物跌入水中,眼前的草如此,远处的枫杨亦是如此。

有男子在岸边垂钓,不时收回鱼线,将上钩之鱼纳入囊中。有妇女走过来,探头看,问一声:"那是老虎鱼?""嗯。"钓者回应一声,继续望向水面。大概,垂钓者都是沉默的吧,话太多容易把鱼吓走。钓鱼会上瘾。少年钓鱼是因为好玩,张扬地享受鱼儿上钩之乐趣。中年钓鱼图的是清静,一个人一根竿,一晃眼一天就过去了。年老了就不钓鱼了,太漫长太寂寞,会把人打败,人老时最受不了孤独。当然,姜太公不一样,他的境界很高,不用鱼钩,却钓家国天下。

有水的地方有灵气,水养育着一方人。眼前钓鱼的男子,不知享受了多少溪流的馈赠,而方才我们在上游的金鹅村,看到的是另一番生动的画面。拦水坝泄了水,滩涂显露。许多村民穿了长筒雨靴,拎着水桶去捡拾河鲜。那些小小的身影在滩涂上缓缓移动,仿若赶海的小精灵。中午时分,一位妇女拎着红色的水桶往家赶,桶里有鱼有虾有螺蛳。她的脚步那么欢快,似要着急地把这丰收的喜悦告诉家人。

细细品味,这片水域带给我们的惊喜逐渐增多。它不用真的奉献什么,却已然让我们享受很多。除了怡人的绿意,是纯净的天然,是充盈的野趣,仿若一块从未开发的土地,原来是什么样子,现在还是什么样子。我们惊叹于这样的留存。这些年,虽常在乡村走,如此天然之地亦是不多见。水有水的样子,树有树的样子,小路是原来的样子,花草也是原来的样子,仿佛被人遗弃了,又似被无限宠溺,不谙世事,终究保留这般天真可爱的模样。朋友说,这是一个隐秘的小心藏躲起来的地方。它悄悄淡出尘世般切期盼的目光,躲进一座村庄最不起眼的角落,隐藏于那座小有名气的樱花公园的边缘。

樱花公园位于村庄西面,一条蜿蜒的溪流将它们拉开恰到好处的距离。跨过溪流上的石埠头,或从浅浅的水滩上驾车驶过,盛开的水花会将你带入万花丛中。成千上万株樱花树樱花盛放,让人以为是天上的朝霞落下来,开成一片粉色的花海。在春天,这片粉色的花海不知吸引了多少炽热的目光，游人如织，蜜蜂如织，彩蝶如织，歌声笑声闹声更是声声悦耳。人们用自认为最好的方式盛赞这一场花事，要多隆重就有多隆重，要多热闹就有多热闹。

而后，开完花的樱花公园安静下来，人们追赶另一场花事去了。樱花树抽出嫩绿的叶子，撑起绿色的阴凉。我们在树荫下坐了许久，喝茶聊天读书，任凭时间不紧不慢地走过，周身一阵又一阵安宁。现在，这座公园给予人的安宁和这片水域给予人的差不多，尽管前者是繁华落幕后的安宁，后者则向来如此。

但，不管是否向来如此，最终能给予人安宁的地方就应该是好地方，就如连着这片水域的村庄——后田村。跟随水流的方向往前走，隔壁的村庄叫傅宅。它们之前亦是另外一番模样。后田大概有着丰厚的田地，田地就在家门口不远处，离溪流也不远，在田地上耕种四季，用溪水灌溉庄稼，不失为理想的田园生活。而傅宅，据说是一个明代古村落。明朝正统年间，傅文升定居于此，为傅宅始祖。过去的傅宅村，热闹而繁华，染坊、酒坊、油坊、药铺林立，是双溪乡商贸聚集地之一。只是，那都是过去的景象了。

眼下，我们看见的是崭新的村庄。崭新的房子，崭新的道路,崭新的球场,连同名字都是崭新的。前两年,村庄撤并时,傅宅和后田合并成为一个村。因村边拥有樱花公园,于是改名樱花村。不知改名后的傅宅和后田喜不喜欢这个名字,也许会习惯于从前,不经意间喊出傅宅和后田这样的名字。但也许时间久了,所有事都会成为顺理成章之事,甚至会完全忘了曾经用过的名字。如同之前傅宅不叫傅宅,而叫上郭与岭外,但除了家谱中尚有记录,已是鲜有人知。一个名字的丢失和到来亦是机缘巧合之事,过去的过去着,到来的到来着,虽未泾渭分明,却也各行其是。现在,用一朵花命名一座村庄,除了这花有着不一般的地位之外,亦透露出层层诗意来,如此,住在樱花村里的人会不会多出几分浪漫之意。

两村相接的地方,一排泥墙黛瓦的老屋格外醒目。屋前的石榴花开得正盛,红的红,绿的绿,衬得黯淡的老屋愈发显目。这是村中极其少见的老房子了,它的前后左右簇拥着崭新的楼房,它们高大而漂亮。然而,新旧相处,并没有格格不入,反而让我们似乎看见了另一种生活,比如小时候,比如大家都住在这样的屋檐下的从前,以及那些任凭云卷云舒花谢花开的日子。日子终究只是自己的,与他人无关。

让万物原始。让万物静静伫立

不要终极方向。

　　我想起查尔斯·西密克的诗句。溪流两岸,树木、花、草、人家,以及他们的日子,缓缓地流动、变幻。眼前的事物是碧绿的,一如水边的枫杨——枫杨在成熟,在变暗,而另外一些事物,兀自明亮。

山水有清音

　　如果只相信眼睛,很容易被眼前的景象迷惑,我以为王隐坑村不过目之所及的三五间屋子,一棵颇有年岁的香榧树,一座石头垒成的弯如满弓的拱桥,以及清亮的溪流和平坦的溪底。秋阳在它们身上闪耀,村庄散发着秋日小山村特有的宁静与温暖。我们停下脚步,想要探访山水的长度。

　　只要继续往前,便能发现更多悄悄隐藏着的事物。世界本就是个有意思的场域,有时坦荡无余,有时遮遮掩掩,一处与另一处非要弄点不一样的特色出来才让人觉着新鲜。屋舍夹杂在幽深而狭长的山谷中,错错落落地站在溪流两岸。岸边空地大一点儿的，便站个三五排，窄小处就站个两三排，甚至一排。于是，整个村落便如一根狭长的带子，附随在溪流两侧，长的，纤瘦的，弯曲的。

在磐安，这样的村庄并不少见。大凡村名中带有"坑"字的，都坐落在深长而又深长的峡谷之中。两侧是高峰对峙，针锋相对的样子让人担心它们会扭打到一处，不留余地。但，一条溪流从中划开界线，清亮的溪水浇灌着生灵万物，又留出合适的平地供人们安家落户。

如果单从眼前的景象来看，王隐坑村实在没有什么特别之处，反而有些破败、萧条，在猎猎秋风中，更添萧瑟之意，令人不安。但如果翻开历史，它就会散发出令人欣喜的光芒。

村名几经波折，从"王隐坑"到"光明高级社"，到"东方红大队"，再回到"王隐坑"，像极了许多事情，不论如何兜兜转转，还是回到当初。也许，是因为"王隐坑"最能直截了当地说明那段悄悄隐藏的故事——有王曾经在此隐居。王隐居过的村庄，在中国大地上屈指可数，在磐安这样的崇山峻岭之间更是独一无二。但看看眼前景致，这般山穷水尽之态，不禁让人发问：是真的吗？真的吗？而后，一连串的问题接踵而至：王是如何跨越千山万水过来的？是如何在磐安五千二百多座深山中选中了这一处？

又是如何在几百个村庄中选中了眼前这个看起来别无二致的地方？是机缘巧合，是一见钟情，抑或只是因为它避世而隐秘，令人感到安宁？

也许都是，也许都不是。这一切只是我们寻常人的寻常思维，王不是一般人，自有不一般的思想。

村口的牌坊上刻着：昭明遗址。我以为可以有更恰当的表述，比如"昭明隐居过的村庄"或"昭明故里"，据说，南梁昭明太子曾娶村中张姓女子为妻，在村中"官田门堂"搭建"招亲堂"，择取黄道吉日，两人正式结为夫妻，如此，称为故里亦是情有可原。但不管表述准确与否，透过文字，我们依然能懂得村人想用如此朴素而真挚的语言，表达对昭明太子深切的敬仰和怀念。两侧有联：南梁萧统莅临避逅留胜处，屏岩允立择地迁隐世泽长。

村口建有昭明宫。庙内昭明太子态度谦和，张夫人笑意盈盈。昭明宫没有庙宇的森严之感，反而让人觉得亲切。联上写：昭明寻幽峣山尊名王隐，萧宫辉耀丘川香盛神灵。村民奉昭明太子为神灵，又让神灵守护在村口，顶礼膜拜，疏离又亲近。

清道光《东阳县志》载：昭明太子（501—531），名萧统，字德施，梁武帝萧衍之子，天监元年（502）立为太子，中大通三年（531）卒，三十一岁，谥号昭明，好文学，博览群书。

南北朝时期,南梁建国。梁武帝立年仅两岁的萧统为太子。萧统酷爱读书,记忆力极强。五岁就读遍儒家的"五经","数行并下,过目皆忆"。他喜欢"引纳才学之士,赏爱无倦",身边团结了一大批有学识的知识分子,经常在一起"讨论篇籍,或与学士商榷古今,闲则继以文章著述,率以为常"。

但宫廷之中有王子嫉妒萧统的才学,更觊觎他的太子之位。王子在朝廷之中网罗大臣,培植势力,暗中结成朋党,千方百计向梁武帝进萧统谗言,欲取而代之。

这样的时候,唯有抽身离开才是万全之策。于是,萧统远离京都,"徙往东南,近海而不至海,溯大河而上,逆溪流而逐源头,避人烟而居幽山"。他来到了大盘山麓,居住下来。几年时间里,他的脚步踏遍了大盘山脉的山山水水。

我们追随王的脚步,缘溪而行。一直朝村后走,不多远就进入大盘山地界。据说径直朝着山林深处走,可到达大盘山山顶。山高路远,我不知道需要花多少时日才能到达,况且林深树密,眼下即便有着简易小路,也是磕磕绊绊,崎岖难行,我们没有继续走下去。

但从其他方向出发,我曾多次登临大盘山。那是一个神奇的地方。离尘世很远，离天空很近，群山在此发脉，诸水在此发源。立于山巅，犹如众生纷纷退让，广袤的世界干净得只剩下我们自己。每一个登山人仿佛丢掉了什么，又找到了什么，感受到前所未有的开阔。我们深深迷恋于这样的快乐，一次次出发，一次次抵达，仿佛上了瘾。也许，当年的萧统更享受这样的感觉。他生性酷爱山水，尤其崇拜陶渊明，曾发出"尚想其德，恨不同时"之感慨，"非必丝与竹，山水有清音"更是他孜孜以求的人生境界。

"山水有清音"，当我们乐在其中，一个人的修行便再无惧山高路远。他一次次登临大盘山，在"上马石"跨上马背，在"加袍岭"添加棉衣，在"洗肠坑"清洗百结的愁肠，在"仙人洞"弈棋娱乐，消暑纳凉，在"天池之畔""盘山岭头"结庐读书。山水的长度终有尽头，一两日，小半月，大半年，走着走着就走遍了山野。但山中常往来，与山水做伴，向山水学习，让心境的宽度一次又一次突破极限，奔向无穷。他还采药种药，教化乡里，治病救人。乡民尊奉他为"盘山圣帝"，在大盘山山顶、山腰建立腾云宫和昭明寺，以明景仰之意。

他是来向山水学习的，却成为这片山水的守护神，这无疑是一场成功的修行。

霜降节气，我们来到昭明寺。秋日登山最好，繁华落去，山中事物尽显成熟之态。起风了，树叶婆娑，发出哗啦啦的声音，如涛声阵阵。山色在加深，叶子在落，鸟兽在隐逸。昭明寺隐在翠绿的芭蕉丛后，隐在八百多岁的柳杉后，隐在连绵的群山间，仿若有光，明晃晃的。没有人声，没有钟声，也没有诵经声。

于这样的地方看世界，世界是自己的，风属于风，树属于树，云属于云，我们属于我们自己。在这样的地方读书研究学问，俨然超脱世外，不染尘埃，学问自然可以做到极致。昭明太子编撰辑录的《昭明文选》，是我国现存最早的诗文选集。这部对后世影响深远的诗文选集，也许在不经意间早已沾染了大盘山山水的几分灵气。

寺里的小师父过来，问："你们在做什么？"

"读书。"

又问："特意跑过来的？"

"是的。"

想到一千五百多年以前，萧统也是特意赶来读书的，不禁莞尔。我们似乎在追随他的脚步，在山水之间找寻自己。很显然，他找到他想要的，我们也是。

他是来渡劫的，更是来修行的。他的修为是自己修炼成的，更是这一方山水赋予他的。

/梓誉村/

等候一场雨

　　冬至后,乡村开始空闲,该收的收了,该藏的藏了,最大的事情无非是耐心等待下一个春天的来临。这一日,天空青灰色,一场雨即将到来。我们从县城出发,沿着十八弯的公路,追随这场雨。我们也想学一点乡村哲学,做一日"百事不管不问"的闲人。车子领着我们穿山越水,也将与今日无关之事一件一件抛在身后。我们变得很轻很轻,就像即将飘落的雨。

　　到达梓誉村时,雨还没落下来。这个隐落在磐安西南与东阳交界处一个狭长山岙里的小山村,颇有些世外桃源的韵味。清代文人古月筠《游梓誉》云:"万山深处见平畴,始信桃源不外求。"相传先祖蔡元定之子蔡渊在庆元三年(1197)因避祸迁居顾岭,后入居梓誉溪口,此处逐渐形成梓誉村。宋理学家朱熹见以蔡元定为代表的蔡氏人历代潜心研究理学,著书立说,贡献巨大,将蔡家定为"理学名宗",并手书墨宝以赠,匾额一直悬于蔡氏宗祠内。先辈为训诫子孙后代不忘朱熹所给予的崇高荣誉,从古文"桑梓誉重"一词中择取中间两字"梓誉"为名。

当年,蔡渊因避祸迁居顾岭时,顾岭一定也下过一场雨。那是一场大雨,冷雨,夹杂凄厉的风,把长途跋涉的蔡氏一族浇得浑身透湿,心也浇凉了大半。他们从来不曾感觉自己那么轻,仿若从南方的天空流落至此,在这片陌生的土地上,激不起一丝水花。却也是那场雨,把所谓的功名利禄像烟云一样冲走了。他们从此决意扎根大山深处,潜心研学,耕读传家。他们日出而作,日落而息。天空下雨时,就和着风声雨声读书写字。雨一场接一场地下,池田水满,禾苗拔节,书声相闻,朴素而简单的生活,连同人心的安宁,在这片肥沃的土地上生根发芽。从此,梓誉慢慢繁衍成一个"诗书预兆人文盛"的风雅之地。

走进村口,仿佛一脚踏进旧时光里。一条名叫西溪的水流将村子一分为二,也将两种日色分开。新人新房新事物都去了溪流对岸的新村,留下老人老屋老路老桥过着老日子。大家各取所需,怡然自得。我们向往热闹时尚的新生活,却越来越钟情于这样的老村子,仿佛前者可以满足物质需求,后者可以安放魂灵。我们像一群鱼,游走于各个角落,一寸一寸探寻关于古村的秘密。我们走过蔡氏宗祠,走过幽深小巷,走过古意葱茏的石桥,一脚跨进"钟英堂"。

两张八仙桌,八条四尺凳,一些文人雅士,面朝青山以及院落之上的青天,聊聊诗书笔墨该是人生快事。最好还有一碗茶。青瓷大盖碗,雪白的瓷片,青色的图案,开水哗啦啦地冲进去,绿色的茶叶在水中翻腾,宛如升腾起一场舞蹈。茶香就这样溢满厅堂。

我们面山而坐,生出许多耐心,等待一场雨的降临。我们想,雨来了,很多东西就来了。比如烟雨江南的婉约,晴耕雨读的雅致,以及《从前慢》的安宁。还有,在雨中,那白的墙、黛的瓦、飞翘的檐角、悠长的小巷、静谧的院子、哀怨的姑娘,以及我们的内心,就会生长出许多诗意来。雨来了,这些美妙的东西吸饱了滋润的水,不断成长丰盈。

和我们一起等候的,还有一群狮子。它们潜伏在梁上,神情态度各不相同,如要跳起来,冲过去,伸出两只爪去抢去抱。它们个个铆足了劲要一决高下,却又戛然而止,仿佛是我们吵扰了它们的欢乐。它们方才为了一个绣球闹得不可开交。那绣球也着实令人喜欢,圆鼓鼓的,镂空,布满精巧的花纹,接连处似断非断,一根飘带随风而动,似乎再吹一口气便会飞扬起来。一屋子的游龙也瞬间停了下来。它们有的张牙舞爪,显得些许恼怒;有的憨态可掬,朝我们挤眉弄眼;有的却是懒洋洋的,爱动不动的样子,似乎马上就要睡着了。它们的动作悬浮在空中,蓄势待发。此外,门窗上正咿咿呀呀唱戏的各路仙子、展翅欲飞的仙鹤,也定格在最优美的姿态。我们就这样,一起安静地等待一场雨的到来。

远山越来越迷蒙,白雾一层层压下来,越积越厚沉,随意伸一伸手便可扯下一块来。终于,雨来了。细细密密的,悄无声息地落下来。我看见灰蒙蒙的远山成了背景,一群细密的花针牵引透明的丝线斜织着一张天幕。上下翻飞的瞬间,丝线隐约可见。有时看不分明,转个角度再看便明朗了。或者干脆伸出手去,一丝凉意缠绕指尖。

雨真的来了。一时间,游龙狮子仙子仙鹤蠢蠢欲动,如要跃上青天,拉开一场大戏。雨水晕湿黛瓦,黛色在加深,青石板泛起油亮的光,一村子人无所事事,相互倾述家长里短、得失人生或者家国大事,十分惬意。

在雨中感叹一些事物,抒发一些情绪,似乎长了很多底气,显得不那么矫情。我们赞美这村子让人安宁,称颂这一院子的砖雕木雕石雕巧夺天工,也羡慕前人拥有诸多巧妙心思,他们愿意用"一天只求打磨一块砖"的工匠态度打造一个"家"。我们比较山里山外的世界,诉说眼前从前的故事,思绪迷离而遥远。其实,几百年前,有许多比我们更富有诗意的人坐在一场又一场雨中,说出许多好听的话。江南才子叶履仁见这一方雕琢之精细功夫,赞叹:"土木之丽甲邑东南。"他们美其名曰"钟英堂",并让当时的五大才子之一戴文灯,在落成典礼上挥笔题词。他们煮茶泼墨,见主人家亨洪公花鸟笔墨超逸有致,赞美"翁之画巧夺天工"。他们乐善好施,赠人米粮寒衣,建造义堂,广行善事,一时传为美谈。

在雨中奔跑是久违之事了。这一天,我和随行队伍中一个七岁的孩子结成朋友。她也姓蔡,与梓誉村有着不一般的关系。她父亲说,往回推算几年,也是这里的人。她名雨萱,大概也和一场雨有关,或者出生时正好下着一场雨,或者和我一样特别喜欢这样的雨天。她正因为方才一路的山环水绕而头疼不已,小小的眉心总皱着一小朵云,我担心她拧得再紧些,便会落下一阵雨来。我逗她玩,喊她"小小蔡",带她跑进雨中,去村里的小店寻找好吃好玩的东西。我们一家一家地淘宝,看见好吃的就买下。只是乡间的小店实用东西多,零嘴少,我们挑了最好的,又奔入雨中,到下一家小店继续淘,最后装了一大袋分给随行的朋友。平时十分普通的零食成了可口的美物,也许是因为这份土地给了它们温情。看着大家开心的样子,我仿佛看见了小时候,我和小伙伴们一起从村口的小店买到村尾,而后跑到大树底下一起分享。那份乐趣过去很久了,却在这个日子悄然归来。小小蔡吃着上好佳,眉头舒展开来,浅浅的笑挂在脸上。她若即若离地靠在我身边,吃一片就递给我一片。一时以为,人生快意莫过于此。

梓誉村 等候一场雨

/朱山村/ 春天正在赶来

　　环绕朱山村流淌的溪流,有着一个好听的名字——好溪。如果真有名副其实这么一说的话,那么这条溪该是浑身上下哪哪都好,比如身段、容颜、脾性,以及照顾一个村庄的能力。

　　站在好溪之畔,所有猜想都得到了验证。好溪自东而来,经过村旁时,特意拐了一个大大的弯,溪面瞬时宽阔。宽阔便显得大度,大度又显得宁静。有了这一方好水,村庄的日色也有了温润的光泽。水面波澜不兴,只在清风走过时涟漪微动,风细细碎碎的脚在水面上踩出数不清的脚印,像鱼鳞,像碎银子,若是细听,仿若可以听见互相碰撞的叮当声。蓝莹莹的水如翡翠,越往河中去越深沉,仿佛藏着深沉的秘密。临岸的水却清澈见底,水底有大小不一的卵石,不见鱼虾,大概,这就是"水至清则无鱼"吧。但也许,溪面那么大,鱼虾们都躲进暗沉沉的深渊里去了。蒹葭喜欢站在水边,和《诗经》里说的一样。到了大寒节气,该经历的它们都经历了,在金色的阳光里尽显苍茫,风一吹,翻唱起沧桑的歌谣,但春天正在赶来,再过几日,它们便要抽最嫩绿的芽,开最美的芦花。

以这样的溪流为前景,村庄便多了几分柔婉,仿若溪流的性格就是村庄的性格。这个被列入中国传统村落名录的小山村,黛色的瓦片,木质的门窗,黄金泥夯的土墙,鹅卵石垒的石墙,青石板铺的长巷,高高悬挂的火红灯笼,一脚迈出家门,门外就是肥沃而宽敞的田地,蔬菜瓜果和各味中药材按着自然的节奏发芽拔节,顽皮小儿互相追逐,笑声和尖叫声传遍角落,人们在古水渠旁洗涤衣物,在墙根的石凳上晒太阳,在门堂里按照古老的方法做土索面,如丝如缕的面条在阳光下散发着好闻的麦香……这是一幅安逸祥和的村居图,一切都是旧图画里的模样,仿佛虽然时间一刻不停地向前,它却还滞留在"从前慢"的节奏里。

朱山村面朝好溪,背靠朱山。朱山挺拔高大,没有名字里对应的"朱"色,而是林木葱郁,即便在萧索的冬日,亦是满山青翠、生机勃勃。那些落尽叶子的树木枝干疏懒,是干枯的黄,但看久了却发现它们似乎沾染了绿树的光,亦是散发出盈盈的绿意来。它们一副蓄势待发的样子,若是等来一阵春风,便会满面春光。朱山高高地耸立于蓝天下,体格和气势远远超越了身旁的山峰,山中取用不尽的自然资源滋养了一村人的生活,成为一个村实实在在的靠山。也许,这便是用一座山命名一个村的缘由吧。

朱山村原不叫朱山村,叫"堂楼"或"堂楼下"。这个名字很写实,简单几字道出了村庄与一幢楼之间的密切关联。当村里的阿婆用永康方言软软地说出这个名字的时候,"堂楼"便带上了一点温软的味道。据说,始祖分家时在此建堂楼一幢,楼上供人娱乐,楼下唱戏、喝茶,人丁繁衍使村庄规模扩大,遂以此为名。一座楼,就是一座村庄出发的地方,从这里开始,时间翻过去一点,堂楼边人丁就兴旺一点,再翻过去一点,就更兴旺一点,仿佛一棵树,先在这片土地上扎下根,接着便抽枝散叶,直到长成枝繁叶茂的大树。

堂楼位于村中央,三四间光景,两层小楼,中间堂屋两头通透,平时用于通行,节日则搭起戏台唱戏。其他房子似乎是沿着它的脉络生长的,左边长出一排,右边长出一排,对面也长出一排,于是,一个四合院便形成了,只不过堂楼比其他房子更气派些。平时屋子里过寻常日子,节日时便是喝茶看戏的绝妙场所。中间一个方方的天井,在有阳光和月光的日子,这里便成了最热闹温馨的地方。而后,沿着这些屋子继续走,在堂楼的前边后边左边右边各建一排屋子,搭一个四合院,再各建一排屋子,再搭一个四合院。于是,屋子连着屋子,院子挨着院子,所有的仿若都是"堂楼"的缩小版或放大版。文武堂、香火堂、后门堂、前门堂和上门堂,就这样一个接一个地出现了。文武堂最有格调,共二十六间,分前厅、中厅和后堂三进。它由武举人曹国翰建造,雕梁画栋,飞檐斗角,气势十分雄伟。中厅仿造廊桥,可以遮风挡雨;前厅、后堂隔而不断,人们可以无障碍通行和交流,这样独特的设计非常少见。中厅楼上供小孩读书,故名"书院",前后天井供大人练武,叫"武场",因此得名"文武堂"。

若是雨天,这些院子的屋檐下会垂挂起一张又一张流动的帘幕,仿若是雨水导演的一台戏。此时在村里走,不必撑伞,也不必担心淋湿,连接院子们四通八达的走廊会为我们遮风挡雨。

朱山村人也不姓朱。朱元璋起兵反元攻打金华府时，因粮草不济，十六世祖曹思宋专程送粮救急。明朝建立后，朱元璋封其为"曹千袋"，还赐予皇帝画像。传说，朱元璋在画像上题字时，错将"曹"写成"曺"，为掩饰窘态，朱元璋就说"朕独封河南独直曹"。现在，村人也时有将姓写成"曺"，或习惯使然，或故意为之，显然，丢失的那一竖是由来已久的荣耀。

朱山村看似一幅黑白的水墨画，却也曾"红"极一时。每家每户的门上、窗框上、墙上、柱子上，以及其他留白之处，用或黄或红的油漆端端正正地写满了"毛主席语录"。用手轻轻拂去门上的灰尘，或翻开红色的对联，语录清晰可见。"毫不利己""团结紧张""积极劳动""自我批评"，这些自我内省或勉励他人的词语，仍有一股不可言说的力量。一晃那么多年过去，有些事物早已消失不见，只有它们，不知道还在坚持着什么。

山中日色长

它的避世显而易见，尽管前些年来过一次，不跟随导航还是找不着进山的路。山外世界日新月异，入山的路口也顺带着被改变一些。道路加宽不少，新鲜的水泥与旧的衔接一处，严丝合缝却区分明显。山谷深幽，路曲盘旋，导航提示：向右，向左，稍向右，向左，向右……颇有些绕口令的感觉。看了地图，我们不约而同地笑了。那样的公路，肠子一般，数不清几道回肠，怕是不多见。

绕上一座又一座山头，远远望见对面的竹海之中，梯田之上，便是此次我们慕名而来的村子了。说到名气，这村是真有一些的。像这样曾经名不见经传、鲜为人知的小山村,现在总是翻身过来,被越来越多的人发现、喜欢、甚至执着追寻,是所谓的"酒香不怕巷子深"。它在太多的"色友""驴友"以及"过客"的朋友圈中流行,常常被冠以"处女地""世外桃源""香格里拉"之类的美名,一次又一次地撩拨众人前往的欲望。于是,人们像鸟儿一样,呼啦啦地来,呼啦啦地去。

它叫下长田,名字有些特别。按字面意思,可以理解为村子下方有一块长长的田地,或是希望在贫瘠的大山下有一块令人满足的田地,可种玉米水稻,也长蔬菜瓜果。在过去自给自足的岁月里,人们奉土地为衣食父母,一村人的美好愿景一览无余。又或者都不是,给事物取名随心所欲者居多,只是想叫它为下长田便叫下长田了。而如今读来,这是好听的名字,清新脱俗,在久远的素朴中藏有浪漫的田园诗意,颇有几分陶渊明"采菊东篱下"的意味。也许,土地本身就是最滋养诗句的地方吧。

村子小极了,可以说是袖珍型的。几十座一色的房子,梯田式错落而上,黄金泥夯实的土墙,墨黑的瓦片,20世纪六七十年代农村普遍的模样,或者是更早前,老气横秋的。它像嵌在旧照片里,色泽暗淡,或似睡在旧时光里,懒洋洋的,任世界日日风云变幻,却守着老样子一成不变。即使也有过大修小补,还是离不开原来的样子,旧的旧着，新的跟着旧着。

下长田的存在颇有些遗世独立的况味。它安静地站在广袤的天空之下，连绵的群山之中，除了进村的路，没有多少伏笔，仿佛是突然从土地中长出来的，又像一直都在这儿，在时光里站成永恒。此时，如果要讨论隐居的问题，应该是小隐隐于市，大隐隐于这样的山野。什么声响都没了，遇见的五个人、三只狗、九只鸡、一头牛，缓缓地做着慢动作，不发出一点儿声响。但实在过于安静了，所有声响又赤裸裸地浮现出来，山涧中清泉的淙淙声，微风掠过树梢的呼呼声，母鸡偶尔的咯咯声，老黄狗漫不经心的轻吠声，小牛犊沙沙的咀嚼声，我们的脚步声、交谈声、笑声，甚至连呼吸声都无限制地膨胀起来，占领山中全部。

遇见的几个人，都是上了年纪的，六七十岁，或者更大些。人一旦上了年纪就看不出年纪了。他们或踱于小巷，或闲坐门口，或看山看水，一副无所事事的样子。他们与踱过来的另一个老人用我们听不太懂的方言打招呼："吃过没？干吗去？"于是整个村子都响起了他们的回声："吃过——没？干吗——去？"也和我们这些外来的不速之客攀谈，生硬地用普通话说："你——好！"他们面容慈祥，态度和蔼，脸上挂满真诚的笑容。许多时候，打破沉默和拉近距离的方法只需这样问候一声。我们很高兴，回一声："你好！"而后，我们继续走动，他们继续无所事事，似乎闲散就是每一日最主要的生活内容。就像格非在《望春风》里说：

> 原先急速飞逝的时间，突然放慢了它的脚步。每一天都变得像一整年那么漫长。就像置身于台风的风眼之中，周遭喧嚣的世界仿佛与我们全然无关，一种绵长而迟滞的寂静，日复一日地把我们淹没。

在这样"绵长而迟滞的寂静"中，我们遇见了更为真实的自己。此时，可以认真地与自己做一番对话。丰子恺在写到他的师父弘一法师李叔同的时候说：人生的境界可分为三等，一是物质生活，二是精神生活，最后是灵魂生活。曾经，我认真地思考过这个问题，将自己日复一日的工作、学习、生活以及生活之外的其他点滴，与所谓的追求对号入座，却终究不能明白到底是为了什么。我们已然得到很多，却仍然想得到更多。我也很想问一问守着大山在这里生活了一辈子的人们，他们追求的又是什么，是物质、精神，还是灵魂？也许他们无从选择，并且会觉得我傻得可爱："就过日子呗，哪有那么多追求呢？"有时候，没有追求才是真正的追求，不做选择才是真正的选择。而我们，终其一生，折腾到底也不过如此，却是枉费一生的修为才能明了。世间事，太多时候只是一个圆吧。起点即终点。

面对这样的村子，我们被一种无法言传的亲切所包容。这份亲切源自熟悉的场景，相似的味道，或者是记忆中根深蒂固的情愫。记得许多年前我也住在这样的村子，村子里的阿公阿婆也常常这样"无所事事"，闲得"骨头都长出苔藓"。不过那似乎是太遥远的事情了。现在再见这样的情景，会追忆，会恍惚，会以为误入"桃花深处"，却终究能让自己恰如其分地吻合大自然的心意：

> 草在结它的种子
>
> 风在摇它的叶子
>
> 我们站着，不说话
>
> 就十分美好

春日里看树

当大部分人跑去看野樱时,我们去看了香榧树。

早春,气温仍旧寒凉,野樱早已开得不着边际,漫山遍野升腾起一团又一团粉嫩的红,仿佛一夜之间,天上落下许多粉色的云朵,落得满山满谷都是。刹那间,山川河流、田野大地,都被这明媚的粉点亮了。野樱靓丽而绚烂,像极了年轻姑娘,腰肢柔软的,身段轻盈的,迫不及待地要将最美的一面展示给众人看,用成片成片的淡粉将春天呼唤出来。

大山的春天就是这样开始的吧,东川的春天也是这样开始的。人们呼朋引伴,从四面八方赶来,东川的山谷前所未有地热闹。樱花开得热闹,似乎整座山都在开花。人们看花看得热闹,像游鱼,像蝴蝶,像蜜蜂,忙忙碌碌地穿梭于花的海洋,把花看得羞红。

热闹虽好,安静却别有一番情趣。我们避开那样的热闹,去另一个山谷看树。

树是香榧树。若说野樱是东川粉嫩的脸面,香榧便是东川另一张墨绿而深沉的脸面。当然,东川不止这两面。东阳江的源头水穿村而过,哗啦啦的水声是东川润泽而清亮的一面。两岸屋舍俨然,看似无章实则有序的建筑风格是东川安居乐业的一面。房前屋后的蔬菜瓜果按照古老的节气开花结果,是东川恬静安然的一面。而那些按捺不住性子,悄然绽放的桃花李花油菜花,是东川俏皮诗意的一面。在中国古老的大地上,每一座村庄都有属于自己的千面万面。

较之于樱花的转瞬即逝,香榧树显得恒久。浑身上下的墨绿,深沉沉地闪着油光,看起来稳重又亲切。它们一年四季一刻不歇地绿着,开花时绿得像一朵绿云,结果时绿得像一朵绿云,不开花不结果时依然绿得像一朵绿云。它们几十年几十年地绿着,百年又百年地绿着,几百年上千年过去,仍旧那样绿着。

山谷绿意盎然。绿是香榧的颜色,也是生命的颜色。

人走进去，绿了。苔藓走进去，绿了。缠绕的藤蔓走进去，绿了。不知名的杂草走进去，也绿了。调皮的松鼠在树木间跑动，它跑得那般快，简直是一道绿色的闪电，甚至，从枝丫间漏下的阳光，从山谷中穿过的风，也泛出盈盈的绿意。

当然，不仅仅是绿。香榧树用矫健的身姿诠释美的多种形态。粗糙是一种美，干燥是一种美，中空是一种美，强壮是一种美，苍老是一种美，皱褶是一种美，任性是一种美，憔悴是一种美，苔藓满身是一种美，木耳满怀是一种美，生机勃勃充满活力是一种美，奇形怪状不守规矩是一种美，初生是一种美，长久是一种美。在这里，所有的美都得到了成全。

大凡树木要比其他世间万物活得长久，香榧树又比一般树木活得更长久，每一棵都长成了一片森林。它们向上，向高处，向更高处，向着蔚蓝的天空，无限拔高身体。向左，向右，向前，向后，向四面八方，舒展每一个枝丫。又向下，向黝黑肥沃的土壤，向波潮暗涌的水流，甚至穿透坚硬顽固的岩石，牢牢实实地扎下根脉。这里的树，轻轻松松地就活了上百年，稍微耐心些的已经上千年了。据说，光八百多岁的就有五百多棵，最古老的，已经一千五百多岁了。这是一个古老的树的王国。

我看见一棵千年香榧，破开坚硬的岩石，从石缝中长出来，石缝被越挤越大，岩石快要被挤走了，虬曲的树根复又挽留似的把它揽回身边。又将石头和树根涂满墨绿的苔藓，若不仔细区分，石头似树根，树根似岩石。千百年过去，它们早已密不可分，你是我的支撑，我是你的依靠。我在大盘山也见过这样的树，那个被称为万树之国的生态保护区，将这个景致命名为"落凤石"。相传，王母娘娘让凤凰送种子到人间，凤凰要翻越大盘山，忽觉吃力，便停留在一块石头上休息，不慎掉了一颗种子在附近，随后种子生根发芽，石头竟被硬生生地掰成两半。当时，我惊叹于树木顽强的生命力，以为改名"劈石树"才贴切。而眼前的香榧树更为壮观，却不知是哪路神仙留下的。

　　又看见几棵树不知被什么掏空了，一张粗厚的树皮撑起绿色的天空。我们可以弯腰钻入其中，可以躺下来，可以抚摸它粗糙又不粗糙的内心，可以和它说最贴心的话语。平时，我们张开双臂拥抱大树，却不能抱个周全，而此时，是一棵树完完全全地抱住了我们。我们仿佛躲入港湾，感觉前所未有的温暖。原来，每一棵树都是有温度的。而蚂蚁、蜘蛛、松鼠、猫头鹰、啄木鸟以及更多的动物，把所有身家毫无保留地托付给一棵树，这是多么智慧。

每一棵树都有非同寻常的来历。因此,这些树长得颇具特色,既仙气飘飘,又淳朴可靠,既自在潇洒,又规矩本分,但每一棵都长成了自己想要的样子。在这里,它们有安排自己的能力与自由。站在"中国香榧皇"的脚下,一种谦卑之情油然而生,一千五百多年过去,一棵树成为王者,是林木之王,是山野之王,是时间之王,更是自己的王。时间如飞沙滚滚向前,又节节后退,而我们,何其渺小。若是退回当初,或许我们可以亲眼见识南梁昭明太子亲手植树的情景。当年昭明太子隐居于大盘山麓,在清修读书之余,开辟药园,教诲当地百姓识药、种药。一日云游至东川,见此地山民久居山涧,深受瘴气、虫蛊所害,遂植香榧树三株。从此,山民不必再受这番负累,而后每年白露节气前后,都要对着香榧皇虔诚祭拜,以表谢意。传说未必可信,亦未必不可信。只是,世世代代的村民沿袭一种古老的仪式,年复一年地表达内心的感激,足以令人信之。当然,昭明太子亲手种植的另外两株去了哪里已不得而知,时间带走了它们,只留下一株做个见证。

对香榧的药用功效记载,最早在汉代,《神农本草经》载:"彼子,味甘温。主腹中邪气,去三虫,蛇螫,蛊毒,鬼注,伏尸。"公元 5 世纪末,南梁陶弘景《本草经集注》载:"味甘,主治五痔,去三虫,蛊毒,鬼注。"《本草纲目》记载,榧实具有"治五痔,去三虫、蛊毒、鬼注恶毒"功效,又兼具消积、健脾益气、明目等功效。不承想,香榧承担了那么多人间疾苦,实在令人惊叹。

当然,除了药用功效,香榧果不失为一种美味的坚果。对着果壳上的两只"眼睛"轻轻一捏,果壳裂开,褪去果膜,咬一口,唇齿留香。苏轼当年曾为香榧做下"彼美玉山果,粲为金盘实"的绝句。何坦也曾歌颂香榧:"一点生春流齿颊,十年飞梦绕江湖。"如此说来,即便在春日,这长满香榧树的山谷亦有了果实累累的分量,令人充满无限希望。

东川村　春日里看树

西溪式浪漫

我们搬了椅子在水边坐。杨柳垂在身边,枝上新绿点点,开着花,引来蜜蜂采蜜,可闻嗡嗡声。一只白鹭飞过,发出"嗝嗝"的叫声,像吃饱了打着饱嗝,停歇在前方的电线上。又来一只停歇在另一根电线上。而后,第一只起身,撑开洁白的羽翼,绕着另一只转圈,边飞边鸣,发出"呱呱"的叫声,叫声欢乐,大概是赞美之词,像恋人间的表白。另一只起身,一齐飞走。比翼齐飞的样子,那般默契,真叫人羡慕。柔和的风,水面漾开层层波纹,斜阳照着,闪耀着好看的光芒。

在水边读书,读伊塔洛·卡尔维诺的《树上的男爵》。

之前读过他的《看不见的城市》，觉得好，推荐给女儿，又买了"我们的祖先"三部曲送她。女儿读后，也觉得好，还礼似的极力推荐于我。她还认真写了书评，说卡尔维诺的书是以"一种更加复杂的虚构方式，从浪漫幻想的深层背景中诞生"。我以为，读书就像和作者恋爱，了解其部分想法仍不能让自己满足，总想着更进一步。于是，我们又买了卡尔维诺的作品全集。这些年，我常和女儿一起读书，一起分享心得。每回聊天，都觉痛快，她能接住我的话题，我能理解她的想法，即便有时我们未能将书的好悉数托出，亦能意会未曾讲透的部分。我们就这样你来我往的，建立起贴心的关系。旁人评价说我们不似母女，似姐妹，也似朋友，更似知己。她读过的书画满了线条，我像循着她的足迹一步步走下去。当一个人的脚印重叠着另一个人的向前走，踏实而若有灵犀的感觉实如觅知音。加缪说："有人动不动喜欢拿铅笔在书上画线，似乎这样可以显示出该读者很有品位、很有智慧的样子。"他说这话时似带有嘲讽意味，觉得读书不必如此。但我们仍喜欢在书中做标记，并非为了显露自己的品位与智慧，而是觉得读懂书的同时也读懂了自己。

　　读书大概是件随意之事，不管在哪儿，读的都是书，却又似与环境有着极为重要的关系，在家里，在图书馆，在茶楼、咖啡厅，将自己丢进或嘈杂或静谧的氛围里，即便读同样的书亦能读出不同的味道，就好像我们终于吃上了小时候心心念念的食物，即便食材相同做法一致，终究不是原来的味道了。时间让许多事物，连同最难以捉摸的情感面目全非。当然，我最喜欢于山野中读书，耳畔是溪水淙淙，空气中弥漫草木清香，处处皆是自然本来的样子，书中故事亦似浸染了山野的灵气和静气，有了返璞归真之意味。

　　一次倔强的反抗，让科希莫从十二岁起就决定永不下树。从此，他一生都生活在树上，却将生命更紧密地与大地相连。

　　此时，将女儿用波浪线画出的句子置于山野，别有意蕴，仿若此时的我们与山野大地也有了更紧密的关联。

　　先生在一旁喝茶，看山看水，又似什么都不看。他的视线飘忽不定，仿若看什么什么就是空的。今日，他推了繁杂事务，随我到山中走走。他平日里忙碌，不常有机会出来走走，似乎他属于时间，时间却不属于他。我们沿着西溪走，挑选歇脚的地方。春日的西溪美极了，春水涨满，树木在醒来，樱花在开放，三三两两的人们点缀其间，像一丛丛随处行走的开心的花朵。我们一路走一路看，觉得这儿好，那儿也好，又觉得差了一点什么，前头应该有更好的。

车子过了双溪禅院，下山村口(现已与王庄、芭下合并为东三村)的风景吸引了我们。杨柳袅袅依依，蒹葭枯瘦苍茫，开阔的溪面上沙渚错落，草丛形迹潦草，如一片未经雕琢的野地，又分明有过精心布局，石板小道、拱形石桥、石质桌椅，桃花樱花杨柳交错种植，是山野中的公园，修建于溪滩之上。其实，早几日已和好友先行到过，无意中发现此地，觉得有种意外和脱俗之美。无奈那日的春风如带了怨怒之气，很大很急，又带着寒凉之意，吹得我们裹紧衣物侧身前行，仍是涕泪交加不能自已，我们不得不匆匆到来匆匆离去。只是，就那样几眼，初遇之美早已深入人心，遂想着要找机会再来。

已有人在了，走近时才发现是熟人许医生。许医生是先生之前的同事，他带着妻儿也来这里走走。他在水边钓鱼，妻儿捡了溪边的枯枝在另一头烧烤，中间还搭了帐篷。他昨夜值班，今早下班后匆匆赶来，说不能负了这样的好天气。

我们叫上他们一起喝茶，并分享了他们刚烤出的番薯。

许医生说："你们俩好浪漫，还似年轻时候。"

我们笑着，面对好山好水，不浪漫都不行。"你们一家四口如此惬意，不也是很浪漫吗？"

他们也笑，恍然大悟的样子，仿若一些寻常之事有了不寻常的价值。

说实话，我也不清楚浪漫的具体含义，只觉得它是一种感觉，一种介乎于生活之内与生活之外令人向往的情愫，看不见抓不住却可以感受。想起木心的话："人是浪漫得起的，浪漫不起的还好算人？"一开始，我将句子读成：人是浪漫得起的，浪漫不起的还算好人？觉得浪漫是一个好人的评价标准，细看才知浪漫乃人之所以为人之必要条件。如此，人人都要懂浪漫、会浪漫。但从另一个角度看，也就是说浪漫并非困难之事，大凡是个人都会。或可以理解成，浪漫无非是寻常日子的真实写照，一年四季，一日三餐，人生所行之事皆有浪漫之意。在西溪的水边，我们喝茶读书是浪漫之事，他们烧烤垂钓，一家人其乐融融，也是浪漫之事。再稍远一点，白发老翁挎着菜篮择捡艾叶，起身俯身之间仿若山中草木随风摆动，亦打动人心。几位妇女坐于桃树之下，说着响亮的话，发出响亮的笑声，桃树上花骨朵累累，已开的桃花粉嫩娇羞，不禁让我联想起《桃夭》里说的"桃之夭夭，灼灼其华"，似乎，这样的浪漫已流传了几千年。

往上游去，不远处就是双溪禅院。禅院规模不大，院内静静的，事物素朴，也少见来人。香火虽然不旺，却又常听人说"很灵很灵的"，崇拜之情溢于言表，特别是关公的灵气闻名百里。据传，民国三十一年(1942)六月十一日，一场特大洪水冲走了禅院的护墙，冲走了大殿和厢房十余间，宇台基脚被冲空三米多深，只留得关公像依然淡定地坐在那里，邻近的几个村庄似乎得了神灵庇佑，亦安然无恙。大家都说是关公显灵显性，护佑万千生灵免于灾难，于是筹资出力，于翌年修复禅院，并于当年的五月十三日开光举办庙会，祭拜关公，以感谢其护佑百姓平安之德。后来，五月十三关公磨刀水祭祀一直延续至今。

我对禅院不算陌生，之前来过几次。女儿高考前夕，每晚接她回家前都会在文溪边散步。一个晚上，我反复遇上一身材丰满的女子，于是一并走着。她说她儿子是上一届的磐中学子，高考时超常发挥考上了国防科技大学，又悄悄告诉我"双溪禅院很灵的，儿子考试时，特意赶去祈福了"。我们聊了很多，具体内容已不记得，只记得当时约好往后的夜晚都来溪边散步，但不知为何，后来一直没再遇上。一个晴好的日子，我和先生去了双溪禅院，真诚地说出我们的祈求。高考结束后，女儿取得了可喜的成绩，让人十分满意。而文溪边的那个夜晚愈发令人难忘，那个身材丰满的女子，仿佛只是为了来告诉我"双溪禅院很灵的"。

禅院外有百年大树，枝叶亭亭如华盖，树下是廊亭，亭上面写有蓝色大字"观自在"，亭内也供奉菩萨，只不过数量有限，且规模上小了很多。门里和门外，仿若事物的两面：向内是收敛的，向外是达观的。如果跨进庙门，心中便多有敬畏，怕扰了佛门清净，不敢多说亦不敢多看。而在门外，"观自在"像送给往来众生的警语，于开放的场合中看见行云流水般的文字，大概多了一层轻松。芸芸众生，无数渺小平凡的存在啊，如果能够省察内心，了解自我欲望，不被其困扰，该是多么自在呀。先生说，或可说成自在观，凡事有着寻求自在的观念。我觉得也对，世上许多事本无绝对，左右都可。但观自在也好，自在观也罢，皆不过是注重内在感受罢了，内心若能自在，这世间大大小小的烦恼都应该消失殆尽了吧。想起这些日子，我的朋友深陷生活泥塘无力抽身，即便挣扎亦是越陷越深。我们往往如此，被世上的俗事俗物困住，被突如其来的生活变故困住，但，说到底，只是被内心嚣张的猛兽困住罢了。如果她也能来这明媚的春光里走走，看看到处勃发的生命，也许，很多事就可放下了。

树下是西溪,溪面宽阔,蓝莹莹的,呈现出一年中最美好的颜色。溪上有桥,桥的另一头是下山村的水口庙,名字很兴旺的样子,叫兴隆庙。过桥沿着栈道往下游走,可以走到东岩山庄。再往下走不远,就是史姆村,双溪乡政府所在地。一支民乐队在吹奏,吹奏声响彻山野,不那么动听但也不恼人。在这样空旷的山野,凡事渺小,有些声音瞬间就被什么收走了。桨板队员在水上训练,矫健的身姿仿若蛟龙,而巧合的是这一段恰好叫作龙凤溪。至于名字从何而来已无从知晓,大概是很久很久以前,水中有龙空中有凤,龙飞凤舞。凭着这一名字,再望向水面时,那蓝莹莹的颜色顿时有了神秘的味道。一对夫妻坐着钓鱼,分立两个钓台,不说话不交流,专注地盯着自己的水面,已近傍晚,桶里没有鱼,但仍十分专注地盯着看,似要将水望穿。我们感叹一声,垂钓者的耐心实在可嘉。

先生说,就差这么一条溪呀。他的眼里写满羡慕。他的意思我懂,我们生活的山区,九山半水半分田,水显得珍贵,好多地方缺水。缺水的山总似少了点什么,像女子少了一点柔婉,孩子少了几分灵气。在我们的老家,我们工作生活的地方,若也能拥有一条这样的溪,溪面若能再宽阔一点,那么,生活也许就是另外的样子了。

太阳下去,渐渐有了寒意。许医生收拾东西准备回去,说一天就这样过去了,只是没钓上鱼。但乐呵呵的,语气中没有惋惜,反而有难得的轻松感。

我们也开始收拾东西,忽听"啪"的一声,有大鱼跃出水面,撒欢似的跳起老高又落回。它大概蓄谋已久,潜伏在水底做足了准备工作。水面荡漾着圈儿,许久不平。

我们相视一笑:许医生终究是钓错了位置,大鱼那么聪明,深潜在水底蓄势待发呢。

高坑的天空下

　　暮春,天色转好,我来到高坑这个小山村。它躲在深远的大山之中,离嘈杂的世界那么远。很少有人知道这条蜿蜒如蛇的道路尽头,竟有着这样一个小山村,些许精致,些许朴素。正如当年武陵人茫然误入的"桃花深处",开朗处,一个村庄像女子层叠的蛋糕裙,像传说中神秘的布达拉宫,几十栋泥墙屋,几道石板路,一条穿村而过欢跃的小溪,简单得不像个村子。她那么安静,仿佛王维的鹿柴,或者陶渊明的南山和东篱下。

　　站在这方天空下,头顶的蔚蓝打开了我的记忆之窗。我仿佛看见了过去的自己。那时,我扎着两个羊角辫在小道上奔跑,一起奔跑的还有住在村口的小芳。我像个粗糙的小男孩,爬树掏鸟窝抓泥鳅,什么都干。我和伙伴们在溪里抓螃蟹,翻开每块石头都能找到一只两只,有时甚至一窝。我和哥哥妹妹在家里捉迷藏,我躲进衣柜,哥哥躲进谷仓,妹妹找着找着就被伙伴叫去玩了,而我们躲了很久。我看见夜幕降临,母亲唱着悠扬的调子,呼唤在外面疯了一整天的我们回家吃饭。那时,母亲年轻得像个姑娘,我们很快乐。

我不知道何时开始喜欢回忆,只知道我的年纪在增长,很快就到了四十。大概,四十是开始回忆的年纪。比如我三十九岁时还不喜欢回忆,或者回忆不起来,我常像顽皮的孩子记起这个忘了那个。到了四十,仿佛进了一道门,回忆陡然多了起来,从前想不起的突然就想起来,记不真切的突然就真切起来。

对于突然到来的回忆我有些慌张。有人说,人到了一定的年纪就喜欢回忆,这表明我的年纪大了。也许从现在开始,我就会像我的外公一样:"想当年哪,我是一个兵。想当年哪,我酒量可以……"他不停地"想当年",几乎忘了除此之外还可以说什么。尔后,我就会和他一样在不断丰满的回忆中度过余生。而且,常言"女人四十豆腐渣",我有点难以接受了,我都没见过多少自己白白嫩嫩像豆腐一样的日子,怎么突然就成豆腐渣了? 再说,豆腐渣继续坏下去会成为什么呢? 我不知道,或许连霉豆腐都不是。徐则臣在《耶路撒冷》里说:"这么早就开始回忆了。"有点感慨,有点伤感或者无奈。我说不清自己的感觉,却也想感叹一句:"这么早就开始回忆了!"

到了四十,我仿佛有了新的使命。我不能再任性,我得成熟,得明辨是非不受迷惑。但这有些难,因为我从母亲身上看到了我未来的样子。

我和哥哥妹妹散落在小山村外的不同城市里,像一个豆荚裂开豆子各奔东西。我们不记得豆荚炸开的时间,也不曾为我们的各奔东西庆祝或惋惜。我们觉得这是自然而然的事情,时间到了,果实成熟了,自然会裂开,豆子自然会各奔东西。我们义无反顾地朝着自己滚落的方向继续前行,害怕磨蹭就跟不上滚滚人流。我们在各自的城市里占据一席之地,努力扎下新的根须,开始新的生长。我们不常见面,也不常通话,每个人的日子都过得很忙碌,留不出时间来闲聊,也没时间回家陪陪母亲。母亲终于空了,守着空荡荡的村子和空荡荡的家,有时实在闲得难受就上山干活。她种菜种茶还种药材,用庄稼欣欣向荣的生长来填补越长越长的日子。她说:"那些庄稼仿佛是她的孩子。"我听了常常脸红。

昨日她打来电话,说茶园正逢好时节,每一片茶叶都像新生的胖娃娃。她请了几个人帮忙采茶,收入够她对付日子。她难得这样轻松,开怀地笑,有一群阿姨陪着她八卦自然会开心很多。我感激阿姨们爱八卦,胜过感激她们在茶叶间飞舞的灵活的手。听多了别人的家长里短,像见过了远处的世面,会放下自我的纠结。我沉浸在母亲的快乐中,却担忧等到茶叶采完,她又像从前那样纠结于小事,拘泥于乡野。书上的大道理她懂得不多,也无法用我讲给她的"鸡汤"来解决遇到的现实问题。她像山间缥缈的雾一样,对待人生偶尔浓情蜜意,偶尔冷若冰霜。母亲今年六十五岁了,仍然学不会不惑。

前段时间,我认识了老村中的一个老婆婆,她二十岁时从另一村嫁过来,现在九十五岁。她依然眉目清秀,年轻时必定很有风姿。我想探寻她长寿的秘诀,却见她住明朝的老房子,房子有些倾斜,比婆婆走路的姿势还要斜。屋里没有像样的家具,仅有的碗柜、八仙桌已旧得不像话,岁月给它们镀上了暗黑的釉,厚重得刮也刮不下来。一屋子泥土地面上坑坑洼洼,一不小心就会被绊倒。为数不多的电器是一盏节能灯和一只电饭锅。她说五个儿子和两个女儿都有了自己的家,又说老伴挂在墙上,不知道走了多少年,还说从没上过医院不知道病是什么。

她说得那么淡然，仿佛在说不相干的故事。我在杨绛先生身上读到过这样的气质，那是一个饱读诗书的女子对岁月做出的应答。我惊讶于一个没见过世面的婆婆也有这样的云淡风轻，拥有比"从心所欲"更加从容的潇洒，也惊讶于一个人活过耄耋，陪伴她的东西可以那么少。是否真像大家说的"人的一辈子都在做算术，前半生做加法，后半生做减法"？是否活得越简单就越长久，越长久就越简单？

眼前的小山村也像老婆婆住的那个村子，忘了朝前走，只留在过去的岁月里。村民们走得差不多了，去了山外崭新的移民小区，留下老房子老路老树和新鲜的水流过的老日子。村口最大的那棵柏树上挂着树龄——三百七十五岁，一个人要活好几次才能达到这个年龄。这是一个村的水口，先有村还是先有树已无从考证，反正村与树的年纪应该差不多。如此，这个小山村应该有三百多岁了。村子当然活得长久些，折合一下，她也许和我一样刚到四十。只是，她比我洒脱，她放走了所有属于她的孩子，继续过自己的小日子。她也许想明白了，也许想不明白。可是那又有什么关系呢？我们还有很多路要走。

隐于山中

/ 王庄村 /

从县城出发，过花溪，往大盘山腹地走，看见一块指示牌。上面是两个地名，往前是仙居，往右是王庄。它指出了方向，至于距离是不对等的。到仙居还需一个多小时的车程，要经过大盘镇，再经过盘峰乡，走出磐安地界才能抵达。而到王庄，从这里往右拐，再走个三五分钟就到了。仙居是县城，王庄是不知名的小村，当它俩平起平坐在同一块指示牌上时，彼此之间似乎有了一层微妙的联系，去往仙居之人可能会猜测王庄到底是个什么地方，也可能会禁不住好奇拐进去一探究竟。而去往王庄之人大概也会如我一般不由自主地想起仙居，遂计划着找个时间再去。事物之间的关系往往就是这么奇妙，假如有了一种关联，便会产生另一种关联。

我站在岔路口等她。她是我相识相知多年的朋友，我们约好一起去王庄。

她迟迟不来。路上车很少，过去两三辆，都不是。她从大盘镇出发，很近，估摸着十分钟的车程。大概，是被什么耽搁了，又或者是由于陌生而迷路了。

下车等她。都说今年遇上了个暖冬，阳光很温暖，照在身上，令人十分惬意。起风了，风中没有寒意。声音从四面八方涌来，枝条在触碰另外的枝条，叶子在摩挲另外的叶子，而枯草一副举棋不定的表情，跟随着风的节奏左摇右摆，它们发出好听的声音，像潮水，像交响乐。响声超越了溪涧的水流声。溪涧已枯瘦，收敛着身躯，等着来年春天重新出发。到处都是大自然的声音，嘈嘈杂杂，却又很安静，仿佛是在用特殊的语言诉说这个季节的美意。这样的时节，处于山中实在是一桩美事。

在山中等一个人不会觉得无聊，就算等再久也不会不耐烦。那么多风要吹，那么多声音要听，那么多草木要看，那么多默默蓄势的生命要结识，我只觉得忙碌，觉得感官不够用，顾此失彼，看了这个漏了那个。在这样的忙碌中，时间悄悄然滑过去了。

她来了。一见面就笑个不停，快乐得像个孩子。她说，方才被一群羊拦了来路，两只大羊领着一群小羊。它们停在不远处的路中央，好奇地朝她张望。朋友冲它们点头致意，希望它们动一动。它们却静静回望着，久久不动。旁边有阿公在耙松针，她以为他会管一管，但他在扭头看了一眼后，继续干自己的活。她不得已按响喇叭，结果，羊群仿若受了召唤，慢慢地朝她包围过来。她开始紧张，以为下一步就是羊群堵住车门，跃上车头。好在，阿公终于出来阻止，他拿起长鞭冲着羊群挥舞了几下，又大着嗓门喝了一声，羊群听话地四下散去。我猜，这并不是一群好事之羊，不过是长居山中，见的世面少些，对这个会发声的铁皮盒子捉摸不透而已。遂想起，朋友生肖是羊，这似乎成了一种羊与另一种羊之间的对话，顿觉颇有意思。动物在大自然中像个懵懂的孩子，人也是。

这是我们在进入王庄之前发生的事情，似乎十分有趣。

对于王庄，说起来不算陌生，之前由于工作原因到过多次。到过多次的地方理应是熟识的，至少可以描述个大概。只是来去匆忙，匆匆抵达，又匆匆离开，我们似乎常常身不由己，奔走在追赶时间又被时间追赶的路上。于是，仍是所知甚少。只知道，从地理位置来看，它居于大盘山脚下，隐于山中。每回都如绕圈圈一般绕啊绕啊地来到山水穷尽之处，看见狭长的山坳中错落排布着几座房子，而后听见大家说："到了到了，王庄到了。"于是，跨过溪上的石桥，看见一座大会堂。大会堂后的两层小楼是村办公楼。基本上，工作的范围就止于这两处，走完了也就结束了行程。村人指指身后，摆摆手说村庄就是这样，意思是简单得很，不值一提。我们也真以为没什么了，扭头回到自己的生活中。只是，他们仍有些得意地告诉我们村子的来历。王庄村始祖为南宋隆兴元年(1163)进士应孟明。南宋淳祐年间，应孟明裔孙肇基公定居孝义乡白云山上马石，其五世孙允松于明洪武年间从上马石迁徙至永康四十七都九保王庄(现王庄)。因应孟明被封平肩王，村庄遂以皇庄命名，后简写为王庄。

听他们这么一说，似乎，王庄因为王族血统而增色不少。但对于村庄的了解，总要去除那些耀眼的光环，真真实实地去触摸，踏踏实实地去行走。经过大会堂，再经过办公楼，往村子的上方走，我们才发现之前是被呈现于村口的表象所迷惑了，村子的大部分内容被隐藏在办公楼后。

真的是隐藏于身后的，像捉迷藏，一点一点靠近，一层一层打开。我们站在小山头上。小山头依势改建成了小公园,有树,有花,有齐整的石阶,有端庄的亭子。我们以为占据了制高点,往下望去,村子几乎一览无余,对面下方都是房子,左边右边也是。遂问一旁的阿婆,这是最高点了吧? 阿婆说,哪能呢,这是半山腰。又指指身后,往上,再往上,还有大半个村。

再往上,果真还有好多人家。屋舍错落有致,新的和旧的错落,气派的和落寞的错落,好自由、好没规矩的样子,像种子,遇到什么样的土壤就长出什么样的植物,从山脚长到山腰,又从山腰延伸到山顶。道路如羊肠,曲折着交错着,四通八达。每一条路边都有房子,每一条路的尽头都指向一户人家。有的人家门开着,门前或坐着打盹的老人,或并无一人;有的人家门关着,门灰扑扑的,落了厚厚的灰,门前的柴垛码得整整齐齐,也落了灰,主人外出已很久了吧。只是,门前的菜地热闹得很,上海青、萝卜、白菜、生菜、香菜,每一味菜都被照顾得很好,如此看来,外出之人也经常回来。而家门口的花坛、屋后、路边,也都种满了菜。如果用热爱种菜的程度来界定是否热爱生活,那王庄实在是我见到的最热爱生活的村落。

而树木,成为初冬最好的点缀,每一棵树都活得很漂亮,在它们的映衬下,即便灰头土脸的村庄也跟着漂亮起来。银杏叶差不多落尽了,树上零星地留着一些,树下一片金黄。水杉红透了,树下的路也是红扑扑的。香枫体格高大,浑身挂满乒乓一般的小球。红豆杉藏于绿叶间的果实,有着红玛瑙一般的质地,尝一颗,滑溜溜的、甜津津的。蓝天下,泥墙黑瓦的老屋前,一棵柿子树清高地站着,叶子落尽,红艳艳的柿子衬着蓝天格外显眼。树下的老屋,人去楼空,里头堆着杂物。

朋友说:"住这里多好,门前有柿子树陪着。"似乎生活只要有一棵柿子树就足够了。

我说:"好是好,就是太冷清了,你会不习惯。"

她又说:"叫上朋友一起来。"

人似乎总是这般矛盾,寻求安静,又害怕冷清。门前扫地的阿婆,地里干活的阿公,墙根处晒太阳的三五老者,路边焚烧垃圾的男子,他们让人羡慕,又让人无端生出悲悯之情。而这些,大概也是我们每一个人年老时的样子吧。

往回走,碰见一位胖胖的阿婆。见到我们,她很高兴,不停地说着话。

她问我们从何处来要往何处去。又说,翻过村后的山就是花溪,翻过村前的山是大盘山。还说,山顶的腾云宫很灵的,她得走两个多小时,年轻人个把小时就够了。

还说,现在很多人都从这里出发,去爬大盘山。而后发出邀请,路很好了,让我们以后来爬呀。

阿婆似乎有说不完的话,关于王庄的,关于大盘山的,关于生活的,以及生活之外的,仿若人的一生就是来世间囤积话语的。她有时甚至不等我们回答前一个问题就急于抛出下一个问题,似乎提问是重要的,至于我们答不答、答了什么都不重要。若不是看着天色将晚,我们即将起程回去,她或许会一直说下去。她的热情也许是与生俱来的,碰见其他人也会这样聊天,但也许,山中寂寞,有人陪着说说话就很好。

木棉塔的秋天

　　我确信，木棉湖身后，一定站着一座村庄，那绿汪汪的水从来就是一座村庄的底气。何况，木棉湖如此美丽。

　　如何形容它呢？大概可用"脱俗"二字。躲入深山，便得了幽。波澜不兴，便得了静。而湖面不大不小，便自有一份与世无争的小清新。再看看它的源头，巨石嶙峋处，一挂飞瀑奔腾而下，响声淙淙，多少有些活泼泼的气质在，只是流到木棉湖，便倏然安静了。木棉湖真有令世界安静的能力。

　　那么，怎样的村庄才能配得上美丽的木棉湖呢。听人说，木棉湖上头确有一村子，叫木棉塔。听名字就觉着别致,用塔字作村名本就不多,又与木棉相关。便想着,村里该有一座塔,塔下几户人家,人家周围木棉花芳香四溢。

沿着汇入木棉湖的水流溯源而上,穿越茂密的丛林,突然地,就看见对面半山腰,停顿着几座黛瓦泥墙的老房子,被一些体格庞大的树木遮遮掩掩。不确定那是什么地方,但直觉告诉我应该就是木棉塔。因为村子下方便是木棉湖,它们的名字仅一字之差,位置也必然息息相关。至少,不能离得太远,得望得见彼此。

导航一直劝我们,回到水泥路上,朝来时方向走上近两公里便可抵达。我不愿走回头路,又见导航线路弯弯绕绕环成一个圆,便决定背道而驰。在我们面前,有一条小河,河上一座简易小桥,桥的那头是一条有些年岁的石径小道。几棵枫树立于道旁,枫叶红黄参半,明晃晃的,十分好看。小路弯扭着身子指向半山腰的房屋。这大概是人们出行多年的主要通道。

果然,这就是木棉塔。村口正在锯木头的老人验证了我的猜测。方才,导航也并无错,它只是引导我们走上坦途,从另一处进入。一条崭新的水泥路延伸过来,在我们面前铺展,通向村子另一头,巧妙地接上另一条"生产路"。这世界真是一个圆啊,兜兜转转还是绕不开同一个地方。

他是个清瘦的老人，对我们的到访很客气，又不刻意，也问我们来自哪里，示意我们走走看看。他用电锯将堆在一边的木材锯成长短相似的木段，又用斧头劈开，在地上分类堆着，像隆起几座小山包。他告诉我们，木棉塔原是塘坑村的一个队，住着十四户人家。

好小的一个村子，只一眼，十余座房子尽收眼底。一色老房子，黛瓦，泥墙，木质的门窗。门窗朴素。有几扇门雕镂着图案，粗糙不精致。这里应该都是普普通通的人家，过着普普通通的日子。

还有多少人住着？我问。

就几个老人家待着了。老人回答得很干脆，风轻云淡的表情。

或许，许多与我一样慕名而来的人都会问起这个问题。好奇心的驱使下，我们一门心思地想打探村子的来龙去脉，即便它一览无余地站在面前，什么也未曾藏着掖着，也还是需要有人再确定地告诉一遍，如此，才能心安理得。显然，他已不是第一次回答这样的问题了。他的表情告诉我，他习惯了，习惯了游客的发问，也习惯了"就几个老人家"。甚至，他还看到了不久之后的未来，连这么几个人也都不见了。他似乎正感受到某种异样的疼痛，在身边，在远处，像这样逐渐消亡的村庄，不知还有多少。

多少有些令人失望，没有塔，也没有木棉花，想象中的诗意无从追寻，只是生活原来的样子。一些大树招摇着，意图填补方才的失落。香樟，银杏，枫树，柿子树，梨树，以及叫不出名或未曾见过的树木，高大威猛，挡住村子望向外界的视线，似要把村子藏起来。若是站得不够高，只知自己位于林深之地，却不见外面还有什么。甚至，有的地方被遮得严实，阳光和蓝天都漏不进来。这应该是长了好多年的树吧，若是村人栽下树木在先，再与树木一同生长，那么这个叫作木棉塔的村子少说也有几百岁了。这样想时，那种随风而逝的忧伤便少了，事物存在即合理，至于以何种方式存在、存在多久皆不是定数。但，古人择地而居的标准真有些古怪，越偏越好，越远越好，恨不能躲入谁人都不识的深山丛林中去，而后用心经营朴素的日子。

一户村民家门口码着齐整整的柴火，柴垛上摊一匾黄豆，两匾青菜。门上对联齐整，红艳艳的。门内有人说话，探头进去，是一对老夫妻在烧火做饭。婆婆坐在灶下烧火，公公站在后门口，灶上冒着蒸腾的热气。一个说：那几行菜长相不好。另一个回：我有时间去理理。山中无事,下午三四时光景,他们已经准备晚饭了。没人的屋子认真地锁着。屋旁的菜地绿意葱茏,青菜、萝卜、玉米、秋葵,都被精心伺候,种什么得什么。突然想起一句话,就算日子小得像芝麻,也要认认真真地过。

下山时,沿着正在修建的小路往下走,很快便到达了谷底的木棉湖畔。回过头去,一条宽阔而齐整的石板路扶摇直上,通到木棉塔村口。从此,两个名字唯美的地方之间又多了一条链接,关系愈发密切。日后,再来到木棉湖的人,不必与我一样费心找寻,而可以从容地沿着这条脚下出发的路,拾级而上,追寻一个美名下的村庄。他们也许会看见不一样的木棉塔,而后抒怀感叹——时间到底给我们留下了什么,又会将我们带往哪里去。

木棉湖的水放干了,裸露着一个湖的真实面容。湖的四周建起围栏,一群工人在靠岸处建房造亭。他们说,明年春天来时,就都建好了。

在湖边遇见一位阿婆,是塘坑人。她亲切地和我们打招呼,仿佛熟识。她说,上面的小村叫“木棉 duo”,因为那河叫木棉河,所以沿河而居的人家就叫“木棉 duo”。“duo”在方言中有搭靠、附带之意,像一个物体没有自己的筋骨,需要别的物件来支撑。她还说,“木棉 duo”是属于塘坑村的。话语中那种随意安放的意思十分明了,似乎这样的小村子从来都不靠自己，而是搭靠在别物之上生长起来的。我想到了攀缘的凌霄花，虽美，却不能左右自己的筋骨。可见它高高在上、兀自生长的样子，又不禁想起梅兰竹菊那样的高洁。

现在塘坑村有了新的名字，它与邻近的白岩头村合并后取名新锦村。新锦这名字寓意虽好，但终究太新了，叫起来不顺口，多少回了仍是记不住，不像木棉湖木棉河木棉塔，天生带有诗意，只见过一回，便无论如何也忘不了了。

村口有大树

当我们走近,一群大树微微欠身。枝叶拂动,沙沙有声,仿若为客人来到而作的欢迎辞。

满目绿意,走进去,人都绿了。樟树、枫树以及其他树,体格健壮,姿态优美。立夏节气,绿树阴浓夏日长,是一棵树遇上了美好时光。它们热热闹闹的,挨挤着,交错着,繁茂成一片绿意葱茏的小森林。

午后,在潘庄村口的大树下,静静地坐一会儿,便想起了泰戈尔的诗:

喂,你站在池边的蓬头的榕树,你可会忘记

了那小小的孩子，就像那在你的枝上筑巢又离
开了你的鸟儿似的孩子？

仰望大树，我好像真成了归家的孩子。

几乎每个村口，都有这样的大树。有时一棵，独木
成林，一树一世界。有时三三两两，沿着入村的小路错
落地排列过去，仿若树也会散步，走着走着就走进了人
们的烟火日常。有时则规规矩矩集于一处，上百年上
千年过去，便形成颇有声势的林子。这样的地方，大都
还有一脉生养万物的生命之水。于是，风光格外好。
村人喊它"水口"。

但不管以何种方式出现，村口的大树似乎从来不属
于自己。它们为一座村庄而生，为一座村庄而长。它们
是巧妙安排在村口的伏笔。绿意掩映下，村庄羞羞答答
地打开自己。越往里头，越是敞亮。而漫漫时间长河里，
大树一刻不停地修炼自己，直到修炼成符合村庄气质的
样子。村庄古老的，它们也遒劲沧桑，好似阅尽红尘万
千，从容而潇洒。村庄崭新的，树也新，初生牛犊一般，凡
事一副无畏态度，只是一个劲儿地、活泼泼地往天空生
长，日日不同模样。

初夏的风吹起来，绿莹莹的凉，浸润草木清香。被草

木包容，与草木对话，仿佛我们也生长出草木之心，恬静而淡然，安宁而知足。树木之外，是小桥，是流水，是村庄。以这样的方式打开一座村庄，似乎也有了不同寻常的况味。

几年前，朋友说要带我去看一个很美的村庄，于是，来到了潘庄。只见西流的溪水在村边拐了一个大弯，仿若轻轻把村子揽入怀抱。踩着溪面上的石碇步走入村中，石墙夹道，老屋俨然。巷陌幽深，曲曲折折地通向每一户人家的烟火日常。人们或忙碌着，或闲坐着，拥有最自在的生活状态。而绿树斜在村口，仿若点睛之笔。那一刻，我似乎懂了，这便是朋友眼中村庄最美好的样子。

与一个村庄的缘分，也许一辈子就那么一两次。一晃多年过去，出于偶然，我们路过此地时再次踏足潘庄。只是，当时只道是寻常的事物，都不见了。村里腾出几片空地，变得空旷。有些空地上长出杂草，杂草杂乱而毫无章法，却有着蓬勃的生命力。有些空地上长出崭新的房子，四层五层的红瓦楼房，比之前灰头土脸的小木屋气派很多。只有水依旧，桥依旧，树依旧。

大概，树比任何事物都要活得长久。在另一个村口，我见过一棵香榧树，长了几百年，不断修炼内心，内心越收越紧，直到空了心，却仍是神气十足，年年开花，年年结果。人从树缝里钻进去,世界安静了,往事安静了,风霜雨雪被挡在树身之外,烦恼俗事被挡在树身之外;又仿佛走进一棵树的灵魂深处,彼此交了心。触摸斑驳的纹路,犹如触摸百年光阴。和树对话,犹如和数百年的光阴对话。小小天地竟容纳着无限的内容,是真正的虚怀若谷。

一棵树的胸怀,足以让人托付终身。听说,在巴布亚新几内亚岛东南部的原始森林里,生活着一群与世隔绝的人。他们是世界上唯一居住在树屋里的部落。他们的房屋建在西米棕榈树上,依靠西米棕榈树干做成的梯子爬上爬下。因此,这个部落的人被称为"树屋人"。《树上的男爵》中,柯希莫自十二岁爬上树后,与自然界的生物建立了一种迥异于现代社会人与自然相对立的新型关系,他融入翁布罗萨的森林并从其中汲取力量和智慧,开拓了一个属于他自己的理想国。对世界中只有树的人来说,对一棵树的信任,就是对一整个世界的信任。

我老家村口也有几棵大树。两棵不结果的香榧,三棵长红豆的红豆杉。不知道什么时候栽的。听爷爷说,他的童年也是这五棵树给的。它们差不多年纪,差不多高大,长着差不多的模样。初来乍到的人,总以为它们是五兄弟。只有住久了,才能分清它们。五棵差不多的树站在村口,共同撑起一片天。我们却厚此薄彼,对每到秋日便挂满"红玛瑙"的红豆杉青睐有加。人们常常以貌取人，谁好看就喜欢谁，谁实用就偏向谁。而树却不管这些，任人打量评价，除了生长还是生长。

大树撑起一个乐园。在树下，我们从不吝啬时光，大把大把地抛掷。我们不知疲倦地沿着裸露的树根向上攀爬，在攀爬中一次次感受树木的温度。我们稚嫩的手抚摸过树根千遍万遍，直到树根散发出油亮的光。老人无所事事，久久枯坐着，仿佛也是一棵小型的树。他们看看前方，看看树，似乎在和树无声交谈，但不知谈了什么。老人的世界和树的世界一样，喜欢用沉默做出最巧妙的回答。青壮年不常出现在这里，他们太忙了，总有忙不完的事儿。偶尔来了，也只是路过，或是在夕阳西下时，呼唤孩子们回家。

时光，就这样悄无声息地滑过去。蓦然回首，渐渐模糊的底色上，总有那样几棵青翠的大树，枝丫上挂满我们最美好的故事。我们忘了村子里发生的很多事，却不会忘记大树下那些往事的细枝末节。曾经，我们陪伴了大树，大树也陪伴着我们。我们陪伴它们只有短暂的一瞬，它们却陪伴我们整整一生。都说陪伴是最长情的告白，相较而言，大树更长情，它们终究不离不弃，成了我们最亲的亲人。

树的世界,是一个玄妙的世界。德国作家赫尔曼·黑塞说:"树是神物。谁同他们交谈,谁能倾听他们的语言,谁就能获得真理。"也许读懂了树,就读懂了人生。而后,当你少小离家老大回,即便变了乡音又老了容颜,一眼望见村口的大树,故乡的记忆便拉开序幕。往事一幕一幕,沿着时光的纹路往前走,往后走,那样熟悉而亲切。有时,村庄生长得太快了,一代代不停地改头换面,像翻书一样倏忽而过,什么都不剩了。我们也曾慌张,彷徨,感受无以言表。但大树,终究能抚平所有忧伤。

树在,根就在。

大祭马

面对这般庞大的事物，心里头不禁有了一丝怯意。庞大的事物引人注意，老远从公路边望过来，就看见一匹白马站在周氏宗祠身后，探着两只深邃的大眼。它那么高大，不怒自威的样子，颇有震慑力。在它面前，我们深感自己的渺小，像一粒尘埃，微不足道。

在依山下的广场中央，站着一匹通身雪白的大马。说它大，是因为它比真实的马匹大了不知多少倍，高十七米，长十八米，体宽三点五米，光耳朵长就达两米。村人以十二根直径三米左右的大杉木为支架，用竹篾扎制成巨大的马形骨架，通体用白纸裱糊，再在马背两侧错落地插上两排历史人物旗(如三国时期的刘关张),历时一百多天完成。马头挂有两串大红灯笼,马的四足装有直径一米的木轮,抽去木轮上的刹车条,轮子滚动,大马便可走动起来。成人可从马身攀缘而上,从马颈钻出,坐于马口。

这匹白色的大马叫作大祭马,每隔十年出现一次。人们从四面八方赶来,如密密麻麻的蚂蚁围在它的脚下,观赏,膜拜,形成颇有声势的祭马会。我们用十年时间去等待一匹马的出现,耐心可嘉,相见的刹那,诸多情愫涌上心头,难以言表。但光有耐心也不够,还要有好运气,举办祭马会的那几日得刚好有空。那几日,大祭马会在依山下的广场上等你,从农历八月十三一直等到八月十六,若是那些天你不来,它就要被拆掉。好多人亲眼看见了大祭马的雄姿,啧啧称赞,也有好多人恰好错过,满心遗憾,但错过了就是错过了,就要再花上十年时间去进行新一轮的等待。下一个十年,也许等到了,也许仍然不能,人生有太多事要做,也有太多不可预知的插曲,有时可以为一匹马奋不顾身,有时却是无能为力。而需要一整个十年又一整个十年去等待的事物,也因此有了不可言说的神奇。

相传,明嘉靖三十一年(1552),倭寇入侵,烧杀掠夺,无恶不作,民众义愤填膺,奋起反抗,纷纷加入戚继光所率领的义军。村里有位名叫周飞天的书生毅然投笔从戎,加入了灭倭战斗。他骑着自己养的战马,在战场上屡立战功,很快就被破格提升为将领。后来,由于周飞天军事才能出色,戚继光将他调至福建沿海一带,委以重任。周飞天每次赴前线打仗时,都只骑自己的战马,大伙儿给他的战马取了"飞天神骏"这个名字。

嘉靖三十四年(1555)秋,倭寇再次入侵周飞天所辖区域,其时身患疾病的周飞天立率部御敌,不幸中乱箭身亡。"飞天神骏"同样浑身是伤,驮着主人奔回义军阵营,不久也气绝身亡。"飞天神骏"的忠勇让在场的将士们感叹不已。依山下村村民为纪念周飞天和"飞天神骏",特地制作大纸马以行祭拜。

因此,大祭马成了依山下村独特的文化符号。依山下村也成了远近闻名的历史文化村落,很多人慕名而来,亲眼见识大祭马后,把消息传给更多人。他们说,那马好高好大呀。又说,那马仿若天外来物,还猜测夜深人静时马儿是否真会飞天。于是,关于这匹马的传说从未停止,有多少人见了就会萌发多少传说,它的模样,它的来历,给人足够的想象空间。以前的传说已经成形,大家口耳相传,以为它就是这样来的,但民间是一个生产传说的好场域,还会有新的传说产生,传过大街小巷,传遍千家万户,传多了人们就信了。如此,依山下村就蒙上了一层愈加神秘的光环。

但撇开这份光环不说,依山下村仍是十分美妙的存在。那天,我和朋友路过村口。朋友见村庄依附在山脚下,突然喊一声:我知道村名怎么来的了,依山而建,所以叫依山下。她说得也有道理,这是对一座村庄顾名思义的认识。

依山下旧称洢山下,又称翠溪或称洢山翠溪,二十世纪初更名为依山下。村东有天盆山镇守,南有苍山屏障,西有卧狮山拱卫,北有陈山头环拥,群山蜿蜒起伏,连绵浩荡,洢山翠溪村坐落在中央,处在狭长的盆地中,地势平坦。

相传,从前有一个货郎,挑着货担途经依山下村,看到此地地势平坦、山环水绕,就认定这是一块风水宝地。为了验证自己的判断,货郎就把扁担插在地上。过了一年,扁担生根发芽,长成了一棵郁郁葱葱的青冈树。东阳淮岩周氏兵公的第十二世孙仲八公知悉此事后,心驰神往,遂携全家来此定居。

想起小时候有一段时间是在这里度过的,其中细节已完全记不清了,只是听长辈们提起时依稀有个印象。

记得父亲带着我和哥哥去拜年,对方是外婆的姐妹以及母亲的表兄妹,亲人间感情很好。父亲回去了,留下我和哥哥小住。大概是盛情难却,当时的拜年不像现在这样匆忙,总要小住几日才能体现亲戚之间的亲,而后一家一家地吃过去,住个三五天是常事。亦是由于亲戚家也有几个年龄相仿的孩子,大家玩到一处难舍难分。那是很快乐的一段时光,我们在亲戚家做客,被照顾得无微不至,又无父母在身边约束着,十分自在。记忆已然模糊,印象中有长长的街巷,两侧老房子比肩而立,商铺众多,我们拿着压岁钱一家一家买糖果买鞭炮,而后在巷子里追逐打闹。

但孩子间的甜蜜说来就来,冲突也是说来就来,我们天天腻在一处,隆重开幕,却以潦草收场。某一日,大概是我和某个孩子发生了冲突,哥哥保护之心强烈,立马过来帮忙,争吵在所难免。盛怒之下,我和哥哥拿上随身物品,起身逃回家去。我们在前面跑着,后头亲戚们追了上来,他们将我们架上拖拉机,又好言安慰,并答应隔日送我们回家去。我和哥哥这才缓和下来。后来,父母还是和往年一般与依山下的亲戚们相互走动,亲戚之间的感情并不会因为几个孩子的一时不快而受到任何影响,他们觉得孩子就是孩子,不快来得快去得也快,过几日便能忘个干净。只是我和哥哥再也不去拜年了,不知是为自己当初的莽撞而难为情,还是因为很多事物一旦有了裂口就再也难以回到当初,即便我们都很想回去,仿若不快从未发生,但有了就是有了,终究再也回不去了。以至于,后来的许多年,每每路过村庄,常会想起我们曾在村子里住过、争吵过、甚至出逃过,至于其他的都记不得了。

三十多年后的一天,由于工作原因再次来到村里,这次我们送了一台晚会到村里。在文化礼堂,晚会即将开始之前,一对母女找到了我,女儿与我年纪相仿,母亲六七十光景,与我母亲差不多大,我觉得似在哪儿见过,有几分亲切与熟悉,但又想不起来。

她们颇为激动地自我介绍,一个说:"我是美兰哪!"

另一个说:"我是表娘姨!"

我应承着,只能不好意思地说:"多年不见,都认不出来了。"

她们热情地拉住我的手,问我在哪儿工作,又问及我先生的状况,也关心我母亲以及外婆身体可好。

我一一作答,也不知她们听清楚了没。晚会即将开始,调音师将音量调到了最大,试图让全村人听见,将他们都吸引过来。人们陆陆续续赶来,互相招呼照应,嘈杂声此起彼伏。我们越来越近地靠在一起,听见她们大声说,有空到家里坐坐呀,我们的新家在祠堂边上。

我点头答应着,心里头不确定能否找到。

依山下已经变成崭新的依山下了。虽然关于它的记忆已是十分模糊,但至少尚有些许模糊的影子在,当这些模糊的影子在面前晃动的时候,若走入曾经熟识的场域便能联想起好多故事来,只是,这样的假设已然不能实现了。现在,除了重新修缮的老祠堂以及一个尚未修缮的老院子,其他都是崭新的了。这两处老建筑的存在似乎有些格格不入,像鹤立鸡群,或说鸡立鹤群,新楼房的端庄气派衬得它们愈发灰头土脸。但它们就像一个时代的见证一般,供人追忆往昔,遥想当年。再说,新的也没什么不好,它那么整洁,那么漂亮,成为新农村建设成功的典型,路过村庄的人们都要感叹一声:好漂亮的村庄!

总有一些东西要变的,一成不变也不见得就是好的。原先等上十年才举办一次的祭马会,现在五年办一次,原先办完活动就拆除的大祭马,现在却不急着拆,老祠堂里按三分之一的比例做了一只缩小的小祭马,所有的变都是为了让更多人看见。我们做事常有另外的考虑,有时为了不看,有时恰恰是为了看见。

/新宅村/　夹溪古道

　　在新宅村不远处,有条古道叫夹溪古道。如果说每个村都有自己的点睛之笔,夹溪古道大概就是新宅村的点睛之笔。

　　松树应该是夹溪古道上最引人注目的事物了。它们也许比古道还年长,参天而立,遒劲而沧桑。伸开的枝叶如云如伞可覆阴凉,又如长长的手臂伸向路口,作邀请过路人的姿势。如此,入口处的三棵树应当叫作"迎客松"。沿途散落的松树,姿态各异,或俏皮,或老成,或深情,或淡然,或世俗世故,或仙气飘飘,一棵松树演绎一种性格,与黄山奇松也可比较一二。于是,它们被冠以许多有趣的名字——"月老松""夫妻松""佛肚松""龙凤松"……细细看一番,也真是名副其实了——名字彰显了个性,形态又诠释了名字,浑然天成。

松树们看着一条路慢慢成长,从一条新路发展成一条老路,发展成上了年纪的古道。或者,这条路最初就是以这些松树为基础,将各据一方的它们串联成线,在线上铺以石块,摁进土里,复又踩实。人们来来去去,千千万万的脚印跟上来,一条路就这样从容蜿蜒于山中。于是,无论走到哪儿,总有松涛相伴,只要跟着松树走就不会迷路。又或者不仅仅只有松树,其他林木,比如柏树、檫树、枥树,以及竹子、不知名的灌木、杂草,都远远高大于别处,颇有年岁的样子。一株野樱花事正盛,它瘦削而颀长,临松而立,恍以为苍松开出一树嫩粉色的花朵。它们,以及这陡峭的山势,空中的暖阳白云,从不停歇的山风,偶尔经过的雨水,构成了古道的必要元素。古道依赖它们而存在,同时又滋养着它们。

一条路打开一扇窗。久居山中的人们沿着这条路走过夹溪桥,爬上鞍顶山,跨过掌管金华、绍兴、台州三州边界的分界石,跨进不可预料的未知里。他们沿着这条路进入台州、温州,或者更为遥远的地方。他们一次次地向着远方出发,双脚一次次站在陌生的土地上。他们看到了千年古城,看到了无边无际的大海,看到了截然不同的沿海生活。他们出发又回来,回来又出发,厚重的脚印反复摩擦着路上的石头,汗水留在古道上。与此同时,临海而居的人们也和山里人一样好奇而又兴奋地探寻山中的世界。他们敏感的触角伸向每一座大山深处,或许用一担带鱼和虾米,或许用一挑食盐,或许用许多山里人未曾谋面的新鲜玩意……就这样,轻轻叩开一座又一座山门。他们交换商品,交流文化,让两个看似遥远的地方互通有无,紧密相关。而夹溪古道,就这样成为一条重要纽带——经济、文化、风俗民情,或一部分年轻男女的终身大事,都沿着这条纽带传过来,送过去。

纽带可沟通有无,亦可扼制要害,在征战中发挥重要作用。曾有那么一段时间,夹溪古道由于地势险要,变身为一条军事要道。史料记载,古道上有夹溪桥、夹溪寨、戚家军营址,均为天险要隘,明、清时均有兵员驻守。明嘉靖三十四年(1555),副使刘悫为了抵御倭寇侵扰,察看婺州各地军备,来到此处,见"群山划然中断,山崖相峙壁立,其下即所谓十八涡者也",叹为天险。即动员民众筑寨,以扼路冲。又"义劝赵模"建屋数间以居守者。古寨临千仞绝壁,具万夫莫开之势。寨成,刘悫作《夹溪岭桥隘记》。清咸丰年间,太平军大部队沿古道下天台。1942

年冬,遭日本侵略军侵袭,夹溪寨守军全部遇难。1949年2月30日夜,浙东人民解放军第二游击纵队主力部队也经此道奔袭天台,于次日晨攻克天台县城……

时间流逝,很多事物纷纷消失在历史风尘中,不知所终,有些事物却被永远留下来。齐整整的条石垒成寨洞,厚重的石头叠成寨墙,身后是悬崖峭壁,身下是万丈深渊,夹溪水鸣声震天,冲刷出十八个巨大的险涡。守住此寨实如拿捏住咽喉,确有"一夫当关,万夫莫开"之势,胜败在此一举。立于寨前,仿佛望见往昔的峥嵘岁月,那些刀光剑影,那些奋不顾身,以及血肉横飞像影视片段般涌入脑海,令人扼腕叹息。但终究都过去了,石头上落满苔藓,厚重得刮不下来,立在一旁的碑记也是如此,"明嘉靖三十四年……",字迹已然模糊不清,想要表达和标注的内容,终究被岁月镀上厚重的青釉,徒留一个模糊的外表罢了。我们看了许久,细细揣摩一番,却只是徒劳。碑记的存在也有它的局限性,它有一定的证明能力,又无法证明更多。

还记得二十多年前,我们沿着夹溪古道前往鞍顶山,虔诚地等候二十一世纪的第一缕曙光,仿佛开启一个崭新的征程。我们在下个世纪的第一个黎明到来之前奔赴在黑魆魆的山路上,因为年轻,也因为有喜欢之人同行,还因为心里畅想着下一个世纪的第一缕曙光也在赶来相见的路上，不禁欣喜满怀。我们的脚步那么轻松，笑声那么敞亮，即便手电的光亮只能到达最靠近的人，路旁的山景黑得模糊成一片，也能感觉它们如我们一般的欢欣雀跃，树欢喜得摇动另一棵树，草欢喜得摇动另一棵草，而一个灵魂也愈发靠近另一个灵魂。后来，每每想起那个夜晚，总有许多情愫在萌动，而那条路，似乎成了我们通向梦想的必经之路。

后来，许多慕名来到夹溪十八涡的游客，更愿意如我们一样提前在古道路口下车，沿着山势缓缓而下，仿佛要在这古意葱茏的山路上拾取一些曾经遗落的故事。或者，为夹溪十八涡的神奇找寻一些伏笔，想用此种方式缓缓靠近这一方深藏的好风光。大概，欣赏美好事物向来急不得，就如幸福不宜来得太突然，别致的山水画卷应该徐徐打开才是。

看花去

　　为了看花,就不该怕赶路,好花应都在高处吧。远了人间烟火,方可清丽脱俗,悠然吐纳芬芳。这样想着,便这样去了,去远方,海拔一千二百多米的高姥山山巅,看满坡怒放的红杜鹃。

　　天气不太好,没有太阳,间歇性地来几阵雨,把空气洗得湿湿润润的。车子在山间绕着,窗外滑过的山,那么干净,那么清爽,呆呆地望着、望着,就忘了回过神。新抽的绿最是可人,它是多么嫩啊,仿佛一碰便要流出淡淡的汁液来。这些嫩绿这儿一丛,那儿一簇,点缀得山间到处都是。而山,就这样活了,朝气蓬勃地生长着,一天一个喜人模样。只是看多了,难免滋生出许多单调来。是啊,眼下已然过了山花烂漫的时节。

领着我们不断前行的,是山间的那些雾,柔软的,洁白的,恍若无根般飘忽不定,又仿佛一直都在,坚定地稳居一个又一个山头。或者应该叫作云,它们自天上轻轻地弯下身来,愈弯愈低,直到将山头与天空巧妙地拥抱在一起。我们走了一路,云朵也跟了一路,一直到我们走进云朵的怀里。当车窗外越来越迷蒙,甚至看不清前方的路时,我们知道真正的风景就在不远处了。

果然的,窗外朦胧的雾色中,渐渐地隐现出些许娇艳的红,看不真切,却分明就是。那些红杜鹃,若在别处,即便是几公里开外的山野,也早就失了踪迹,而在这儿,她们正值芳华。是在等我们吧,等着我们在四月的末梢追寻而来。沿路的只是少许,羞羞答答地隐身在低矮的灌木丛中,宛若预设的伏笔蓄势待发,待到更高处,才向我们展示了真正的惊喜。

立于山巅,吹过来凉飕飕的风,带来一片又一片云。过眼处,皆是云烟,纯白如雪。看不清远处,却见我的脚下生出一团又一团的云烟来,仿佛腾云驾雾般,随意挥一挥衣袖,就能带走好多云彩。但凡上了天宫,也不过如此吧。

红杜鹃就在这样的云朵里盛开。一丛丛，一簇簇，一开就开了上千亩。一丛有一丛的个性，一枝有一枝的姿态，一朵有一朵的内涵，就连每一片花瓣都有自己独特的秘密。她们仿佛各开各的，分明张扬了十足的个性——有时鹤立鸡群般高高在上；有时委身地上，低到尘埃里；有时盘根错节，曲折万千；有时稀稀落落，无精打采；有时密密匝匝热闹异常……撇开了那些园林中所谓的要多高多矮多粗多细的规矩，她们便可活得逍遥自在，美成一道与众不同的风景。

倘若说花园里的花是花中公主，那么这里的红杜鹃便该是花中仙子了，因为只有仙子才能过自由自在的日子。

花已成树，高高地擎过头顶，松树杉树纷纷让路，给杜鹃留足了空间。花间有路，采用长条青石铺成。穿行其中，仿佛自己也成了千万朵杜鹃中的一朵，自由伸展呼吸，悠然吐纳芬芳，快乐得没有一点心事。不知走了多久，却见前方已成不修边幅的泥巴路，雨后，被众人脚步一搅，湿滑黏稠得不行。我们唯有相互挽了手，小心翼翼的，方不至于四脚朝天，意外中除了收获一种探险般的乐趣，还体会到那种叫作原生原始的滋味，看见每一朵花幸福地成长在自己应有的家园。

走过那段路,脚下分明沉重起来。不知何时,鞋底已沾满了厚厚的泥巴。它自花下来,那么应该被称为"花泥"吧。这样想时,脚下立即生出阵阵芬芳。

中途遇见一些人,是好摄之友,端了长枪短炮不断作业,从不同的角度,记录美景自有的风度。他们看见我们,却说恭候多时,想请我们做一回他们"画"中的模特。素来不喜被拍的我应允下来,不管上镜与否,和那些花儿携手成为一道风景,该是幸运且幸福的吧。又听见同行的杭州姑娘说:看花不必跑太子湾,磐安高姥山便是最好。也许,最高的评价莫过于此了。那场花事,已然美进了她的心里。

即将离开时,那些云朵幻化成雨淅淅沥沥地落下来,是想留住我们吧。其实,即便天不留我,我也愿意留下来,或者改天再来。

白云生处有人家

几只喜鹊在枝丫间跳跃，一边啄食树上的柿子，一边叽叽喳喳地说话。虽然我们不懂鸟语，从它们欢欣雀跃的神态来看，应该是一只在感叹：柿子好甜呀，味道不错。另一只便欢快地附和：是呀是呀，带几颗回去。于是，又啄起一串叼在嘴里。得到几枚成熟的柿子，便是这个晴好的秋日里独有的清欢。

这是来到白云山时，迎接我的第一个场景。池塘边，一棵看起来颇有年岁的柿子树偏立一隅，树皮粗糙斑驳而又黑不溜秋，一看就老态龙钟的。那是岁月留下的痕迹，是时间的脚在树皮上反复摩挲的结果。叶子已被秋风刮落一些,稀稀拉拉的,但仍旧绿着,秋霜不来,它们便不敢兀自变黄。枣子一般大的柿子,密密麻麻挂了一树。

我一直认为树上结的是枣子,那种大小,那种模样,与长条形的枣子无异,只是它们长在柿子树上,于是,被叫作"柿枣"。树身上挂着的一小块绿色牌子说明着它的身份,像怕被人误会而做出的澄清。

牌子上写道:磐安唯一的一棵柿枣。不知有无具体考证,但在别处确实未曾见过。又说:柿枣也称柿蒂枣,果实中等大,短柱形或椭圆形,平均果重五克,最大果重十克,大小很不整齐。仰头望去,所言不差。

当然,在白云山,还有更出名的树。那是几棵长在一块儿的银杏树。都说人是群居生物,哪儿热闹便往哪儿挤,看来,树亦是如此。银杏长了近千年,被人称为最美的树,姿态美,颜色也美。它们商量好似的,站在最合适的位置,铺排成一幅唯美的图画。一棵站得高些,便欠着身子斜斜地往下探,站在下方的三棵也伸出长长的枝条来,直到牵扯在一起,搭成一个绿色的帐篷。晚秋时分,叶子黄透,树上地上满是金黄,像披了一袭华美的霓裳,成为远近闻名的美景。许多人慕名而来,只为看一眼这华丽丽的场景。

树的美是时间慢慢给的,不像人的青春稍纵即逝,最美不过弹指间。树总是越活越美。百年的树有百年的美,千年的树不仅积累了百年的美,还练就出自己独特的美。粗枝大叶是一种美,高耸入云是一种美,挺拔笔直是一种美,虬曲沧桑是一种美,风调雨顺地长大变老是一种美,被雷劈中、中空无物却依然焕发生机也是一种美……这些美,是时间一分一秒地雕琢出来的,是风霜雨雪、四季轮回留下的足迹。

几位老人坐在树旁,许久未曾挪动身体。有人经过便看人,认识的聊上几句,不认识的反复看几眼,像看新闻一样——这些外来的人群是这个村子流动的新闻,身上带着不一样的信息。有猫啊狗啊经过也看几眼,骂骂咧咧地数落它们的贪玩,似乎是它们的活泼好动打扰了一村的宁静。剩下的时间便看树。看见扇形的银杏叶飘离枝头,像跳舞。先从枝头跳下来,再旋转几圈,又潇洒地飘舞一阵,一片接着一片。风大时,叶子落得纷纷扬扬,像下雪。忽又听得啪啪几声,几粒白果砸向地面,砸出浅浅的湿痕。仰头一看,满树的白果成熟了。

单调的晚年,不离不弃地陪伴一棵树,成了老人们最重要的生活内容。在乡村,那么多人哪儿也不去,长年守着一段树根,晒太阳,看星星看月亮,守着守着就把自己守老了。树却还是老样子,几乎一点儿都没变。似乎,树的青春是一村的老人给的。

地上落满了白果，几个妇女拎着篮子捡。

她们说，今年干旱，白果结得小了。

又说，吃几颗对身体好。

又说，村边的银杏也都挂满了果，却不如这几棵树上的好。

另一个声音附和道，长了千年的树，结出的果总要好些。

在这个依山而建的村庄，似乎树才是真正的主角。村边山坡上种满了银杏，虽只有几十年的树龄，但多呀，每年秋天，一整座山都黄了，仿佛金色的小塔站满了山岗。人们从四面八方赶来，在这方金黄的海洋里流连忘返。在秋天，还有什么比这更绚烂的风景呢，还有什么比看黄叶更浪漫的事情呢？

据村史记载，村中有棵神奇的画眉树，其花如桂，开放时香味浓郁。相传，若画眉树叶子被虫子吃光，这个夏季就要闹旱灾，反之则能风调雨顺，因此村中人称其为"气象树"。我没找到画眉树，没有见过它验证奇迹的样子，但也因此，我对它的神奇又多了几分印象。

还有许多柿子树，树上长着很大个的柿子，形似牛心，叫作牛心柿。据说，宋时白云山牛心柿属婺州贡品。

现在,村里每年都举办柿子节,为一枚柿子举办隆重的节日,可见柿子愈发深得人心。

房子也像树一样,沿着半山腰往上爬,见到平整的土地就安定下来,扎根,生养一户人家。它们快爬到山顶了,眼看就要摘到白云了。房子大都是白的,纯净得像一朵又一朵洁白的云。而远望之,一座洁白的村庄,一些洁白的云朵,遥遥呼应,又牵牵扯扯。

相传,东晋道士、医学家、炼丹术家葛洪,自小酷爱神仙导养之法,后携子侄云游各地名山,曾居于大盘山一带采药种药,并炼丹济人。白云山上所种白芍,为菊花芯,药效特好,价格也高,药农得利多,故此山又被称作"白银山"。后在白云山炼丹,清代《永康县志》载:(白云)山上有石鼎,相传为葛洪炼丹之鼎。传说,某一日,葛洪得道成仙。当地药农尊他为药宗之一,在白云山顶立庙塑像纪念。

据说,最早来此地定居的人是先祖葛伯云,他是家中长子,原住东阳廿里牌。宋末元初时期,伯云公看好此地有山可依,材木旺盛,土质肥沃,更为可喜的是,有一口下水井。传说大旱时期,整个永康只有"两口半古井"不会断水,下水井便是其中之一。它冬暖夏凉,水质甘甜,葛伯云选择在下水井附近搭了几根木头,覆以茅草,就住了下来。

我以为,在此地扎下根来的人们,是另一些树。每个人各有来处,各有去处,和树一样。

我们似乎是专程来看云看树的。云在天上,在某些特别的天气会下到白云山,探访人间烟火,是名副其实的"白云生处有人家"。树长长久久地长在地上,长大长粗,变壮变老,似乎哪儿也不去,实际上却是从遥远的时间深处走来,一走便是百年千年,而强大的根系在黝黑的土壤下尽情生长,四通八达,早已抵达我们未能抵达的深处。

遇见三水潭

听说因为村子上游有三口水潭,村子便叫三水潭。

一个朴实无华的名字,我却喜欢叫它为"上水潭"。如果说人上有人,那么水上亦有水吧,而这水便是"上上水"了。从村子中央穿越而过的溪水哗啦啦地流淌,只一眼便俘获了我们的心。水至清,探不出深度,乍一看,独见溪中铺满圆滑的石头,待到撞着水面反射过来的明晃晃的日光时,才确定尚有"清泉石上流"。鱼真不少。大红鲤鱼体态丰满,慢悠悠地游过来晃过去,大家闺秀般优雅。也有灵活些的石斑鱼,黑色的斑纹浅浅的,掩在水中,不仔细看难以发现。它们高度警觉,似乎竖着耳朵在倾听什么，并且听力极佳，方见它们停顿在水中央一动不动，待弯下身想细看时，它们却倏地一个转身躲进旁边的石缝里去了。

房子缘溪而建，离溪近些的，多以木质两层小楼为主。十来户人家共住一个屋檐下，连成长长的一排，像亲兄弟手挽手站在一块，颇有些豪迈和壮观，大概"知根知底""远亲不如近邻"的感觉就是这样形成的吧。木屋后面涌现出许多新楼，这儿一幢，那儿一幢，粉的、蓝的，三层的、四层的，朝南的、朝东的，每一幢都极富个性。新楼和旧屋没有明显的界线，有时掺杂在一块，摩肩接踵，有时拉开距离，两两相望。新的新着，旧的旧着，没有格格不入，是恰到好处的和谐，就如爷孙俩总能找着合适的方式，乐呵呵地处在一块。岸边没有柳绿花红，只是不经意地散落些野花野草，偶尔也穿插一两棵高大点的乔木，相得益彰。在大山之间，存在即合理，而大家学得极好的功课便是包容。

遇见很多人，有的做着活计，有的坐在阶沿看风景，有的途中遇见便站在路边手舞足蹈地聊天。他们冲着我微笑，笑容自然而温暖。也许有什么喜事，也许什么事都没有，只是一种与人打招呼的习惯。这是一种美好的习惯，更是一种修养。我还以微笑，他们再次报以微笑，像自家人一样。我们傻乎乎地笑着,心情前所未有地舒畅。

　　修葺一新的大会堂传来锣鼓声,是一群老年人自发组建的民间乐队,他们敲打的《花头台》热闹喜庆,给人向上的力量。乐器是自带的,随意往空地上一放,围成一个半圆,乒乒乓乓敲打一番,村里的角角落落便充满了乐声,人们便循着乐声从四面八方赶来,或欣赏,或模仿,或评价。没有人鼓掌,但大家脸上已挂满赞扬的神情,大概在乡间正流行着这种无声的肯定,或者说彼此之间已然熟悉到无须用掌声来表示肯定。还遇见两位白发苍苍的老奶奶,她们手拉着手到大会堂里来,又手拉手地离开,偶尔看对方几眼,说上几句,那份默契和亲密令人羡慕。我忍不住猜测:她们也许是姐妹,也许是闺蜜,也许是聊得来的邻居,但不管是什么,能牵手到老,多不容易。

　　时近中午,老房子的烟囱里升腾起乳白色的炊烟,如同润滑的丝带飘摇而上,随后慢慢淡去,隐入蓝天白云里。这炊烟就像天然的闹钟,越来越多闲坐着的女人站起身来说一声"烧饭去"便走进自家门里忙活起来。不多久,炊烟多了起来,接着,就看见有人端了个大碗拐进邻家一户户地串门,在别人家灶头挑拣好吃的菜蔬。在乡间已不多见的袅袅炊烟,能唤起多少人美好的回忆,越来越城镇化的农村能留住一点原来的样子是何其幸福。于我,突然间有一种回家的亲切,以为推开那扇虚掩着的木门,便可看见妈妈在灶头忙碌的身影,蒸腾的热气下是妈妈满足而安详的表情。

　　说实话,这村子实在没什么特色,但也许没特色便是最大的特色。

生活的温度

　　她虽干着活,忙个不停,却有条不紊,又总是笑着,有种安静从容的美。朋友说,阿婆年轻时肯定是个美人。

　　她将清亮的水倒进碾碎的番薯渣中,搅拌,用力挤压,焦黄色的汁液从滤袋中流出,哗啦啦作响。她在提炼番薯粉。在乡村,老百姓的智慧五花八门,他们可以将大豆做成豆腐,可以从葛根、择子(方言,即柞子)、苦槠等坚硬的果子中提炼出纯净的粉末,他们善于发现每一种寻常事物蕴含的神奇力量,催化它们从一种形态蜕变为另一种形态。这样的制作方式也无须刻意学习,只需靠口耳相传的几个简单的词汇,或者在别人做时稍稍看几眼就会了。他们似乎天生就会。

接下来的步骤是将汁液静置,让时间将细碎的粉末沉淀下来。倒去上面的水,将桶底的粉末取出,切碎,晒干。提炼出的番薯粉洁白如雪,细腻如珍珠粉。这样的场景在秋日乡村十分常见,几乎家家户户都会在门口摆出几只大桶,桶愈多、愈大,产量愈高。每年秋天,母亲也会提炼番薯粉,前前后后忙碌好些天,每回都腰酸背痛,直说明年不炼了,但到了第二年,仍旧老样子,她觉得不做这些事对不住农村里的日子。我以为一道道工序下来,费时又费力,不如买一点方便,现在什么东西都可以买到。但大家都说,不如自己做的好。

我们举起相机拍照,阿婆羞涩地笑,竟有种意外之美,这也许就是有人说的:认真做事的样子最美。她将我们引进屋里,打开灯,让我们看堆满屋角的番薯。我挑了个大的,两只手都捧不住。阿婆得意地笑,说地里还有好多呢。他们这辈人,对土地的感情就像对待亲人,亲近得很。

桂花树种在她家门口,树很大,树形也很好,树冠如伞,底下可乘凉。她说树是邻居家的。邻居搬走了,留下树陪他们。那么大的树,开满花的时候不仅芬芳了她的家,整个村都会分得一抹香。我替你种树,你留我余香,两家的感情不知该有多好。在乡村,比亲人还亲的邻居有很多。

晚秋时节,在乡村中走,目之所见皆是喜气洋洋的景象。秋日的乡村很热闹。人们忙碌着,忙着收、忙着晒、忙着藏。稻谷晒在院子里,晒在马路边,晒在晾谷场上,铺开大小不一的金黄色块。色块明晃晃的,亮人眼睛,像一块块小型的稻田。仿若山野中的稻谷约好了时间,在某个阳光晴好的秋日集体搬家,从山野浩浩荡荡出发,成群结队地来到房前屋后。稻谷金黄金黄的,给人十分温暖的感觉,被稻谷包围的家园,亦显示出十分温暖的感觉。

一起搬回来的除了稻谷,还有大豆、辣椒、柿子、板栗、番薯、南瓜、冬瓜、萝卜、生姜。它们在门前的柴垛上,在庭院的围墙上,在交错的瓜架上,在始丰溪的沙滩上,平展展地抻开身体,一点儿一点儿地摄入阳光,一点儿一点儿地挤出水分,直到一粒稻谷碰到另一粒稻谷谦让出富裕的空间,一颗大豆碰到另一颗大豆弹跳得又高又远……直到冬瓜皮、萝卜皮变成纸一般的薄片,直到柿子、番薯把自己抱得越来越紧,内里满是软糯的甘甜。

朋友感叹,村里的生活好热闹呀。

我们生活于小城,日子循环往复,一年四季似无明显界限,亦无清晰的辨识度。我们以为日子不是用春去冬来表述,不是按照节气的步调一个一个过的,只是按部就班地,过了一周就进入下周,过了一月就迎来新的一月,时间飞一般逝去,一晃一年,一晃几年。前些日子听陈丹青聊人生,一时颇多感触。他说,现代人生命显得很短,很快过完一生,当你回忆你的一生,是一种体验,很快就没了。他又说,可是一个古人,时间感就比较悠长。

单从寿命来看,现代人比古人要长寿许多,如此,短暂并非真的短暂,悠长亦并非真的悠长,而是古人比我们有方法,将短日子过得悠长。他们做事不疾不徐,不追不赶,今天做不完还有明天,明天后面还有下一个明天。他们成为时间的主人,让时间跟着自己慢慢走。古人亦常有雅趣,他们喜欢"松花酿酒,春水煎茶",喜欢"作个闲人,对一张琴,一壶酒,一溪云",即便生活忙碌琐碎,亦可"晨兴理荒秽,带月荷锄归",那种欣欣然的态度为岁月增添了诸多美感。当然,古人不可追,就当下而言,乡村保留许多从前的样子,是从前生活的延续。这些延续,让乡村的时间感比城市悠长。当我们穿行于眼前这些鲜活的生活场景时,时间是慢的,一秒钟有一秒钟的长度,一分钟有一分钟的厚度。

门前的竹笠上晒了干菜,黑的,皱巴的,散发出浓郁的香味。捡了几根放入嘴里嚼，熟悉的感觉唤醒味蕾。小时，这是每家每户的主要菜蔬，缺少时令菜的季节，几乎天天吃顿顿吃，即便外出求学也会带上，因此此菜又有"博士菜"之美名，但东西总会吃腻，于是恨不能彻底摆脱它换个新鲜口味。现在不常能吃上，偶尔吃竟很鲜美。再尝一点，仍不过瘾，又尝。朋友惊讶于我不合常规的"小动作"，而我熟悉乡村规矩，并不认为这有何不对，也不害怕屋子里会冲出一个满脸怒意之人对着我指手画脚。这样的"尝尝"不会引起主人的不满，反而会让他们引以为豪。

前几年秋天常在乡村走，有一回，看见老房子前晒了许多柿子，红彤彤的十分可爱，遂和同伴说，好想吃一个呀，伸手就要捡。眼见屋子里走出一位婆婆，忙收回手，转移开视线。婆婆说，拿去吃呀，喜欢吃多拿几个，这又不是什么好东西。村人常把"不是什么好东西"挂在嘴上，自谦的同时也表达着她的客气。柿子味道好极了。那几个秋天，不知尝过多少这般美味的柿子。

另一回，还是在村里，看见树上的石榴开了口却无人问津，我们纷纷猜测味道如何。阿婆走出来，让我们摘几个尝尝，又转身回到家中拿出孙女买给她的石榴送我们，说这个好吃，拿着。我们吃着两种石榴，一种是一直长在阿婆家门口的老品种,个小而结实,模样憨憨的,另一种是现代培育的新品种,丰满而漂亮,味道虽有所不同,却有着同样的甜蜜。回想阿婆那般热情地劝说我们摘取石榴的画面,竟有说不出的感动。

这些画面常常浮现于脑海之中,虽小而普通,却让人念念不忘。之后,再走入乡村,仿佛进入它们生长的土壤,往事莫名地鲜活起来。这些场景呈现的不仅仅是一枚柿子、一只石榴,而是连接起我们对乡村的固有认知和新认知的桥梁。这些瞬间,让乡村的时间、乡村的生活有了不同寻常的厚度和温度。

和朋友闲聊,他之前是这个村的主任,说起对村子的规划,说起向往的村庄,他表示不要整齐划一的房子,要给大家留足自己的空间,让大家想要一个什么样的家就建什么样的房子。房子是用来住人的,自己喜欢的房子才是家。我认同他的想法,这些年见过的村庄很多,却往往在不久之后就忘了村子的模样,或者把这个村记成那个村,把那个村混淆成另一个。它们太像了,名字像,房子也像。只有那些在时间里慢慢行走又得以保全的古老村落,才拥有属于自己的味道,让人过目不忘。在乡村面前,古老,不再是一个虚词,它是那么真实地指向大地上仍旧鲜活的村庄,在时间的磨砺下,愈来愈明亮。

村中的地基已经空了很久,草儿花儿长势旺盛,即便在深秋,亦是一个劲儿开花、一个劲儿结果。虽是杂草野花,也是花了好多时间才长成自己想要的样子。但愿这片土地接下来生长出的房子,也能长成自己想要的样子,茶潭村也能长成茶潭村想要的样子。

礼府村 / 福地乐府

如果和村庄保持一丝隐秘的距离,不让车子长驱直入村庄腹地,而是在村口停下来,沿着蜿蜒的山道一步一步走入村中,便可一点儿一点儿打开村庄,就如一点儿一点儿掀开或神秘或朴素的面纱,在曲曲绕绕中探知经年的秘密。

沿着山道走,就会拾得许多不同寻常的乐趣。石块砌成的道路,不那么平整,磕绊我们的脚步,我们的注意力变得集中,速度慢了下来,看看脚下,又看看山景,一时觉得时间也在慢慢游走。山色枯瘦,大部分树木落尽了叶子,赤裸裸地站着。我们可以清楚地看见每一棵树有多少个树权，披着什么样的树纹，长几个树瘤，攀爬着哪些植物。如果不嫌麻烦愿意数一数，还可以数出树上有几个枝桠，哪个长哪个短哪个粗壮哪个薄弱。反正，就是一棵树掏心掏肺地向世界交出了所有，连同之前树底下曾经受荫庇的灌木杂草，搭建在树权上的鸟巢，也在此时一览无余。

每每好奇问及身边人：它们不害羞吗？得到的答案不尽相同。他们说，这是树木的智慧，卸去所有进而积攒重生的力量。或说，树木怀有赤诚之心，凡事坦坦荡荡。又说，季节到了就要做合乎季节的事。他们这样说的时候，似乎对树木怀有崇敬之心，似乎面对的不是树，而是造诣颇深的哲学家。当然，将树木奉为哲学家也是情理中事，它们在很多方面确实是人类之师。

也有不落叶的，苦槠、红豆杉、松树、柏树，绿泱泱地站在山里，为这个枯瘦的冬天增添了诸多活力。但，看山久了，竟会觉得那点绿不合时宜，要是那点绿意也黄了，所有树都齐刷刷地落尽叶子，所有山都枯瘦嶙峋却骨骼分明，又该是一种怎样的美。如此，我们就可看见偌大的山中所有生命一致的处世态度——沉淀、舍弃、出发，就好像看见落了满山雪，白茫茫一片，令人无所欲求，也令人满怀希望。

这样的想法让人沉浸其中。山中,是一个引发思考的场域,思绪一旦打开,便如同树木抽枝发芽般不可抑制。但,一只松鼠打破了这份沉静。它从对面的山中跑过来,沿着溪流之上交错的枝条快速地跑过来,像一个影子在枝头跳跃。它的动作那般敏捷,即便我们瞪大了眼睛十分认真地看,也跟不上它的节奏。方才,分明见它在这个枝头,倏忽间就不见了,而另一个枝上有了动静,望过去果真瞥见一个小而灰扑扑的身影。它不住地跳跃着,扫落一些枯枝和黄叶,不多时,便往更深的山中去,我们的目光再也追不上了。它似乎有一点儿害怕,因为恰到好处的害怕才能让它跑得这般快,又似在有意吸引我们的注意,在逗我们玩,高调地卖弄它高超的攀爬技艺。山中多少有些清寂,要多些乐子才是。

这是礼府村的水口山,因岭脚岭头枫树颇多,故名枫树岭。枫树在此时已落尽叶子,若在秋日应是别番景致。山中树木繁茂,立时让水口山、让村庄有了幽静之意,前方的"畅幽亭"更是锦上添花般表述着这种意境。畅幽亭上写有"畅叙幽情"四个大字,据说是清光绪年间重修时,由太学生傅康舜手书。清代文儒陈嘉瑞赋诗:

桃源何处访迷踪，此处寻幽兴转浓。

可报赤心千树栗，堪侪君子万株松。

神功呵禁能驱虎，洞水澄清欲卧龙。

日暮凭栏闲眺望，寒山一带白云封。

过畅幽亭往村里去，身边、脚下皆是层叠错落的屋舍，旧的旧着，黄泥墙黑瓦片，新的新着，白墙红瓦。又是一个依山而建的小山村，不曾统一规划，有种凌乱而有序的美。又似乎和所有村庄都一样，房子一座又一座，日子一个又一个，而生活即便千面万面，亦是大抵相似。

站在这样的村庄面前，有一瞬间的恍惚，仿佛置身于时间风口，看见事物急速后退又飞驰向前，待回过神来，眼前一切还是老样子。和所有事物一样，旧的在不住后退，房子越来越老，老得需要钢绳来牵引，需要板柱来支撑，房子里的生活越来越空洞，很多人家搬走了，扔下一些用不着的物什留守。被保护起来的"积庆堂""明德堂"，即便被赋予更多历史意义，亦是徒有虚表罢了，那股子精气神终究是被时间的大手悄悄抽离了。人们说，就这，也是好不容易保留下来的。他们将"好不容易"说得迟缓又沉重，仿佛亲眼看着房子一点儿一点儿老去，又一点儿一点儿拯救，一年年忙碌着拼拼凑凑、修修补补。新房占了多数,新房里什么都有,什么都是新的,门前的对联红艳艳的,晃人眼睛。有的正在建设当中,几个工人拿着工具给外墙喷漆,烟尘漫天,气味有点呛人,却有掩饰不住的喜气洋洋。

屋舍之外是溪流。溪流像怀抱,弯弯地环绕着村庄。另一岸是树,是山,山的上面是蓝天。冬日的天空蓝得很纯粹,如深邃的大海,不染一丝尘埃。溪水平静得像睡着了,实际上却一刻不曾停止流淌。水深处成潭成湾,一味绿着,夹杂些许蓝色,仿佛一角天空跌落进潭里。水浅处,沙砾岩石裸露,堆成小型岛屿,蒹葭莽莽苍苍,开着苍白的绒花。悠游的鸭子、停歇的白鹭、高歌的白鹅、深潜的鱼、取水浇菜的阿婆、这些场景安静而从容,竟有种意外之美,令人莫名感动。

在许多年前,也有人与我们一样动容于这方山水。据传,北宋元祐三年(1088),礼府先祖、时任东阳儒学教谕傅孟示游览西溪风景至此,见仑溪和泉溪交汇,地蕴钟灵,便在此置产筑室。他卸职后定居于此,以溪为名称村庄"仑泉",慢慢形成傅姓聚居地,后以傅姓居住山坞里,改村名为里傅,谐音礼府。另有一说,宋时先有礼姓入居,后有傅姓,以两姓得名礼傅,后以谐音雅化为礼府。还有一说,因村前山岗形似鲤鱼跃水,村庄居水之浦,故改名鲤浦,暗寓孔学之浦义。自古以来,村内能工巧匠、文人贤士辈出,崇尚"勤俭立身业,书礼齐家国",加之风光秀美,素有"福地乐府"之誉,为此,民国初年改村名为"礼府",一直沿用至今。

关于村名的来历有多种说法,有如百家争鸣,让村庄有了更深刻的解读与内涵。思考与争议,让事物拥有更多探讨的价值和意义。我们羡慕先祖傅孟示的智慧,他终其一生都在寻觅一方好山水,而后于万千山水中,恰好遇见了自己喜欢的一处所在,最后长久栖身于此,这是他的眼光,也是他的果敢。

加缪说:"思想总是跑在前面。它看得太远,比只能活在当下的身体远得多。"加缪说的固然有理,但对于傅孟示来说,即便思想跑在前面很远,身体也追上了它。这是他的能力,也是他的幸运。我们却不能。我们能做的,唯有羡慕罢了。但,仑泉也好,鲤浦也好,礼府也罢,不过是一方栖居地的代名词,只要合乎心意,叫成什么都无所谓。只是幸运的是,这方栖居地从名称到山水再到田园,实在是一座理想中的家园,并且自始至终都是。

/光明村/

神奇大盘山

　　一直以来,大盘山都是个神奇的存在。它似乎是终点,让五千二百多座山峰聚拢过来,有序地排列起来,又似一个起点,让许多事物从这里出发。它让天台山、括苍山、仙霞岭、四明山在此发脉,让钱塘江、瓯江、灵江、曹娥江在此发源。它广博而有趣,又带有捉摸不透的神秘,是古代文人名士隐居的世外桃源。

　　向一座山靠近,依赖着它生存,是一个村庄明智的选择。一次次向着山中出发,目的不尽相同,却都能得到许多。大山的慷慨从来难以细说。登临大盘山的路有许多条,从大盘镇光明村出发,从双峰乡溪上村出发,从大盘岭头昭明寺出发,或从安文街道的花溪村溯源而上,都可登上大盘山顶。但若要选出最理想的一条路,大概要数从光明村出发的那条了。究其原因,大概是光明村与大盘山靠得最近了。

初秋的一天,我们相约去登大盘山。车子送至光明村村尾,入目皆是绿色。护林员为我们准备了登山杖,原以为不必隆重如此,却发现这家伙在后来的路途中发挥着举足轻重的作用,我们都是依赖着它才从山上下来的。

眼前的路是"走的人多了便成了路"的那种,估摸着人们以前进山砍柴、打猎、采野果、挖草药都走这条路。大盘山里的"宝贝"太多了,是取之不尽用之不竭的天然宝藏,光野生药用植物就有一千二百一十九种,其中载入《中华人民共和国药典》的有二百五十八种,约占药典收载药用植物总数的一半。人们反反复复出入山里,接受大自然的馈赠,也日夜守护着大盘山。在过去那些物资匮乏的年代,依山而居的人们依赖大山渡过了许多难关。

经年的落叶积得厚厚的,踩上去松松软软,仿佛踩在棉被上。露水沾衣,瞬间便湿了衣襟裤管,凉意透彻心脾。路边有野猪拱食的痕迹,那是我们猜测的结果。那些土被撬得松动,明目张胆的,不怕被人瞧见,却又有些含蓄,只是用嘴刨出一个又一个小坑,温柔型的,似乎担心破坏了主要道路。但也许不是野猪，而是野麂、斑羚、穿山甲……山上的动物成千上万，谁又能说得清呢。

山中的世界是不同的。除了遮天蔽日的绿色植物，以及一阵紧似一阵包围过来的凉爽之外，我们的心境也发生着微妙的变化，变得更加放松自不必说，另外还有踏实、安宁，甚至还带了超脱的况味，是"地远心自静"。我们仿佛来到了一个纯净的地方，空气、水、阳光、雨露一切都纯净无比，它们反复洗涤我们的身心，而后我们也跟着纯净无比了。这个时候，许多平时不敢触及的话题可以拿出来谈一谈。许多场合，我们谈论人生、谈论生活的意义，会被认为矫情，而在这样的山中，六根清净，可以拿出来理一理。我们从登山说起，说登山让我们安宁，身体虽劳累，内心却充盈。

我们谈论人生价值、幸福指数。虽没有标准答案，但每个人都会心知肚明。前段时间去了甘南，在那块风光迥异的土地上，我曾思考过关于幸福的问题。那些虔诚的朝拜者，转山转水转佛塔，三步一叩，即使穿破旧的衣服，吃最简单的食物，眼神也仍然熠熠发亮。在当地生活多年的朋友告诉我，下半年天色渐冷后，当地百姓基本上以这样的模式重复生活：早上两颗土豆，一碗茶，几缕温暖的阳光，许多可以自由支配的散漫时光。午饭能省则省过，晚上又是两颗土豆一碗茶。一日过去，等太阳升起，迎来同样的一日。他还告诉我他资助的大学生母亲，过年时，面对他送去的猪肉和活鸡，嫌弃肉未卤好、鸡活蹦乱跳宰杀麻烦。朋友无言以对，觉得自己干了坏事。听说这些时，我发出过笑声。笑声里有多种情绪，不可思议、哀其不幸、怒其不争、恨铁不成钢，甚至鄙夷。而回来以后，看着身边的人忙得连喘息的时间都没有，忽又觉得那些靠"俩土豆"过活的人是幸福的。

我们还谈到聚散离合，那么多的措手不及，让人觉得不可思议。那么多人来了，又那么多人走了，再也不见了。生命无常，我们甚至缺少承受的能力。眼前这些树也是，它们雄伟参天，却会在几场虫病、台风以或者他几个意外后倒下，倒下来的树纵横交错，卧满山野，它们长出木耳、蘑菇，身上爬满苔藓，像个通身挂满胡子的绿老头，然后用几十年、几百年的时间去腐烂，归为尘土。一生就这样过去了。但留着的树桩寻着合适的机缘又抽出嫩芽来，而后用十年、百年、千年的时间成长，又一次长成参天大树。生命就像一条大河，有人前行，有人上岸，有人搁浅，它们似乎前仆后继，又似乎一脉相承。

在山里吐故纳新是最合时宜的事情了。不断有人对着大山和天空哇哇大喊，比赛似的，喊声此起彼伏，活脱脱一群撒野的"疯子"。平日里,他们可都是极其沉默寡言的人啊。喊一声,长舒一口气,再喊一声,又长舒一口气,喊完第三声,肺里以及心中的浊气一扫而光。大家都说这是一种很好的解压方式,只是日常鲜有如此天高地阔的场所,常常憋着,不知多少人憋出病来了。常言,境由心生,而在这茫然无际的大盘山里,心由境生,小小的胸怀也变开阔了。

山水相依,溪涧在蜿蜒的山路边起承转折。这些山间的水,也是自由惯了,不按常理出牌,有时窄小,一脚便可跨过,有时却不断长大、长大,长成一壁陡立的瀑布,一挂洁白的水帘倾泻而下。它们古灵精怪的,有时离得近些,似乎故意拦住去路,要小心翼翼地蹚过溪中的石块,跨过溪上简易的独木桥才能继续前行。有时离得远些,捉迷藏似的走着走着就倏然不见,连同水声也消失了,但不消多久,在你看山看树看得乏味时,它重又活泼泼地闪现于你眼前。水十分清澈,有时渴了,会忍不住掬捧畅饮。"好甜的水!"大家都发出这样的感叹。

静静地走着,脚步发出沙沙声。每个人都若有所思,又似乎什么都不想,放任自己于无际的旷野中。偶有声响又瞬间消弭,是古诗中"蝉噪林逾静,鸟鸣山更幽"的境界,寂静吞噬全部。据说昭明太子就是在这样的环境中读书、讲学的。大盘山南坡的盘山古庙，又名昭明太子祠、腾云宫，是当地老百姓为纪念南梁昭明太子萧统而建。明陈修蟾有诗云："一峰特立俯群峰，古庙岿然倚老松。"盛时庙分三进，房逾百间，规模宏大。如今，老松依然，古庙已坍，散落一地的石柱础仿佛在诉说着什么。俱往矣，除却仙隐洞、洗肠坑、御印石等一些自然遗迹以及修葺一新的庙宇和诸多扑朔迷离的传说外，似乎已无从考证昭明太子是否来过、住过、讲学过，但从大盘山本身的魅力而言，这些都是值得相信的。也许不仅昭明太子来过，很多名士大家都来过，只是未曾有过翔实的记录罢了。

"它们怎么可以长成这样？"

"自由哇！"

这是两位诗人的对话。在这样的山中，我们有耐心细细观察每一棵树每一株花，大家饶有兴致地谈论花草的名字。但仅止步于谈论，往往都没有结果，品种太多了，问遍身边所有人包括专家以及一辈子都未曾离开的护林人，竟也答不上来。大自然面前，我们是渺小的人类。那些树不合常理的生长方式引起了大家的兴趣。树根中空，成"藕断丝连"之态，仿佛我们稍微沉重一些的呼吸就能让它支离破碎，但枝头却是一派欣欣向荣。它们因势而生,空间足够的就一个劲儿往上生长,直入云霄,没地儿去的就扭着腰肢妖娆地拐十八个弯,见缝插针地长成自己喜欢的模样。也看见一根藤缠住了树,让人想起舒婷《致橡树》中写到的爱情。但它实在缠得太紧了,藤蔓深深地嵌进树干里,把树干掐得扭曲变形,掐成一节一节,越陷越深,越陷越深,我们甚至发出啧啧的叹声,替树疼着,替它发出沉重的呼吸,方才想到的爱情也随之黯然。

爱之深切,深入发肤,陷入骨髓,也许就不是甜蜜的味道了。又或许什么都不是,那么多无厘头的想法只是我们强加给它们的罢了。它们的世界我们不懂,正如我们的世界它们也不懂。自然,总是有照顾自己的办法。

登上高处,山顶平坦如台。据说,遥望此山如覆盆,因此得名"大盘山"。相传,大盘山原本也有着笔挺的山尖,只因当年盘山圣帝得道成仙之日,杭州西湖地区连发大火,无论如何也扑灭不了。灵隐寺的一个老和尚屈指一算,算出杭州的龙脉与大盘山相连,盘山圣帝得道成仙,天地报应,导致杭州大火。于是,老和尚连夜赶往大盘山,寻到主峰龙脉,一刀砍去,盘山尖被齐齐削掉,整个顶峰飞往杭州,落在灵隐寺前,也就是"飞来峰"。听说天色晴好之时,站在大盘山顶遥望灵隐寺方向,尚能望见

"飞来峰"。遥遥望去,茫茫天际是无限绵延的山峰,也许其中有一座正是"飞来峰"吧。

　　站在观景台上,遥望磐安县城,居然能望见最具代表性的建筑——昌文塔,它如一个白色的小笋芽立于山头。多么神奇,明明那么远,从脚下开始,五千二百余座山头宛若巨龙浩浩荡荡地游向远方,可又那么近,我甚至望见了这些年来的小城故事,柴米油盐,酸甜苦辣咸,一时感慨万千。

家住杏花溪畔

开门就看见山。山叫月亮山，牵扯着优美的弧线，犹如半轮满月醉卧溪畔，闲情逸致难以言表。月亮山旧称水闸山，因地处溪流南岸，如一道水闸，拦住水的去路而得名。旧称写实，现名诗意。有诗云：山横谷口水西回，积石龙门峭壁开。待劈巨灵太华斧，半溪红雨到天台。可以看出，此诗为"水闸山"而作，亦可知晓，溪水一刻不停往前奔流，汇聚于天台永安溪。这里是永安溪之源头。

溪名杏花溪。传说，古时沿溪遍布杏花，山水一色，溪名因此而来。有诗写道：两两爱风斜燕子，差差泛水荡鱼儿。杏花随意翻波去,春雨江南梦醒时。描绘了一幅唯美的春光图,只可惜,未能亲见当初情景。眼下,杏花溪已无杏花树,春日杏花胜景难续,只留得一个美名供人浮想联翩。世上之物向来如此,反反复复的大浪淘沙之下,能留下来的少而又少。但至少,溪水不改旧时风波,杏花溪畔,草木葱茏,绿树成荫,从树下经过,恍惚以为有杏花之清香缓缓袭来。

家住月亮山下,杏花溪畔,靠山临水,是大多人向往的诗意栖居。前人以为,依山而处,伴水而居,侯爵生活亦不过如此,故以"侯阁"为村名,又因此地树木茂盛,鸡犬相闻却不见屋舍,仿佛藏在后头,始称"后阁"村。"侯阁",抑或"后阁",用本地方言叫起来相差无几,却同样折射出此地的宜居之态。孔氏六十五代孙孔衍云、孔衍武看中了这方山水,从小盘村迁入,分别择居杏花溪旁的里台门和后门山,距今已有四百余年。

前人在选择居住地时有着较为严苛的美学标准,不但要能妥帖地安放身体,更要能恰到好处地安放心灵。而且,要隐逸,要远离市井,要隐于桃源畔,隐于东篱下,隐于山水间。显然,后阁满足了这些要求。

盛夏来到后阁,绿意充盈着每一个角落。突如其来的一场大雨,把空气打湿,绿色愈发闪亮。在村中漫步,以为自己是最惬意的乡村来客。这些年,越来越喜欢回到乡村。虽然乡村时时刻刻在变、变美、变新、变整洁,看起来已经不是我们印象中的样子了,但是仍有一些东西在坚守,也许看不见,只是在动心的瞬间便可切实感受到。

村民们常在门前屋后种些喜欢的蔬菜瓜果。南瓜十分任性,藤蔓横七竖八地爬了一地,几个绿色的果实探出半个脑袋往外瞧。茄子挂下紫色的流苏,长长短短,高贵又朴素。玉米腰杆笔挺,腰间饱满的果实为它撑足了面子。吃上最新鲜的蔬菜成了乡村生活的常态,从房前屋后到灶头桌上不过几分钟的距离。

猕猴桃仿若行道树,沿着公路边狭长的花坛长了一地,搭起的架子上,果实层层叠叠,秋日丰收场景已然在望。桃子红透,有的擎于枝头,有的藏于叶间,红绿相间,十分喜庆,让人想伸手摘一个。在乡村长大,潜意识里觉得有了好果子要一起分享,摘个桃子并不算偷。也记得小时悄悄吃过好多人家的果子,有的是小伙伴偷偷塞过来的,有的是和他们一起趁无人之际摘的,桃子、李子、梨子、栗子、柿子,每一种都有意想不到的美味。果树主人大多时候习惯了孩子们的调皮,摇个头叹个气也就罢了,偶尔恼羞成怒,愤愤骂上几句,遂想出办法来。只见树上显眼处挂出一块牌子:偷摘者,罚款一百。或者:果子有毒,偷摘者后果自负。情况总算好了很多,怕凶的,胆小的,都被吓住了,好多果子能熬到成熟,主人摘下后送与邻居们尝鲜。而后此种保护方式便流传开来,大凡有果树的地方就会有一块"愤怒"的牌子。

四下寻找,果然,绿叶丛中藏了一块硬纸板,仿若希望人看见,又希望人看不见似的,写着的字句也羞羞答答的:"桃,打了农药了,不能吃了。"字迹歪歪扭扭,稚嫩可爱,大概是老奶奶叫了正上小学的孙子写的。那话语虽为警告,语调却柔婉,是轻声的告诫,是温柔的劝说,并带有欲说还休之意。读了几遍,不禁莞尔,仿佛看见老奶奶慈祥的面庞。

这些细碎的、熟悉的场景,是故乡给我们留下的美好记忆,让人庆幸的是,不管世界如何变幻,故乡还是那个故乡。

"那山那年"民宿就在杏花溪畔,面山而居,转身抬头,满目皆翠,月亮山状如半月,令人想起清凉的月色,想起"物至于此,小得盈满",这半轮圆月便是圆满。主人家是富有情怀之人,从单位退任后,耗时三五年建起这座理想家园。贺知章在《回乡偶书》中说"少小离家老大回",他将故乡定义为小时的成长乐园和老年的归属地,这无疑是幸运的,年轻时在外闯荡,不管成功与否,至少有个故乡等在老地方。他还说"儿童相见不相识,笑问客从何处来",这差不多是每个出走半生的游子都会遇到的场景,但就算所有人都不记得自己,只要自己还记得故乡就足矣。民宿主人的回归,似与贺知章有着相同的况味,但他更幸运,几十年间,他屡次返回故乡,继续着他和故乡的良好感情。

男主人在民宿所有物件上花足心思。门口的栋梁之材来自高二小学的大教室,学校拆除后,栋梁从高二流落东阳,几经辗转终被他找回。当年学子见此栋梁纷纷动情,触摸它,仿若触摸到自己稚嫩的孩提时代。跨进屋内,便是"半间书堂",在此可读书写字,亦可抚摸大黑板、老年画、脚踏风琴等熟悉的旧物怀想当年。餐室写有"四季好景,三餐好饭",忽觉一生所求亦不过如此。楼梯扶手都用轿杆做成,四抬大轿,八抬大轿,一生不知抬过多少新嫁娘,其中一根留有他爷爷的亲笔题名,摸一摸轿杆上的纹路,思绪万千。而进士桌、月牙凳、书生箱、大笠帽、旧门板,每一个物件都自带身份,望得见来处,拥有独一无二的故事。他给民宿取名"那山那年",意境悠远,令人遐想。

我们早上到来,原打算吃了午饭便回城去,却在大家"吃了晚饭再走呀"的劝说中，一口应承下来。或许我们心里都住着另一个自己，一旦外头有声音挽留，便如有了可靠的理由，十分坦然地接受。雨一阵又一阵地下，仿佛留客，若是执意离开，便是拂了老天的美意。于是，我们心安理得地喝茶、聊天、下棋、读书、发呆，把时间浪费在无用之事上，也串进厨房打个下手，去歌厅吼几嗓子。骤雨初歇之际去河埠头上看游鱼，看欢快得到处乱蹦的水花，去廊桥上吹凉爽的风，去五雷峰山脚的胡公殿里拜会神仙，而后听到有人喊：吃饭啦，吃饭啦！一时恍然，一日就这样过去了。都说山中日色慢，更有"山中方一日，世间已千年"之说，只是，在这样的山中，时间又快又迟缓。大概，是因为心中无所羁绊吧。亦想起宋代高僧无门慧开禅师说："若无闲事挂心头，便是人间好时节。"这样的句子，用在这样的地方，显得多么应景。

女主人爱读诗词，尤喜辛弃疾，每日清晨起床读书，颇有心得。她在黑板上写：

辛稼轩有词云："问何物能令公喜？我见青山多妩媚，料青山见我应如是，情与貌，略相似。"观余今，求田问舍，向桑麻杜曲，与山水相娱。雪沫乳花，把盏吟窗，蓼茸蒿笋，素盘清欢，此风味，恐羁旅沉酣求名者所不解。

字迹娟秀，犹如一股清流打动人心。也许，人生至境，莫过于"与山水相娱"了吧。

时间的颜色

/佳村村/

　　站在灵溪桥上,我仿佛看到了时间,尽管它那么神秘,无所在又无所不在。它在此处漫步、停顿,留下墨绿色的背影。

　　绿色占据每一个角落。两岸排列着的枫杨,一棵紧挨着一棵,隔着宽阔的溪面遥遥相望。它们像在履行某种约定,之前什么样的位置现在依然什么样的位置,之前什么样的体态现在仍旧什么样的体态。只是,时间走过,它们一刻不停地生长,长得又高又壮,仿佛在时间的催化下,小树整个儿放大了几倍乃至几十倍。它们试探性地向着溪对面伸长了手臂,左边的探过来,右边的探过去,于半空中交会一处,握个手、抱一抱,又向着心仪的方向继续伸展。一段时间过去,两岸的枫杨看似风轻云淡地仍旧站在原来的位置,它们的枝丫却早已在溪面上拉拉扯扯,交叉错杂。于是,溪面上,便撑起了墨绿色的凉棚,严严实实的,只透一点点风、一点点阳光或星光,日子久了,连带着将溪水和空气都染绿了。

毕飞宇在《文学的故乡》里说,他最喜欢仰头看树,任何一棵树长得都没有规矩,想怎么长就怎么长,跟写作非常像。毕飞宇是我欣赏的作家,我读过很多他的书。他的书写得自由大气,又常带一种静气,这也许和他喜欢看树有关。我也喜欢看树。看树的时候,有一股不知名的力量在涌动,仿佛有声音在说,想如何就如何吧,哪有那么多规矩呢。

以那样浩瀚的绿为背景,灵溪美得热热闹闹,仿佛时时刻刻都有许多绿央央的生命在抽芽、在拔节。这也颇为吻合它的名字,古灵精怪、调皮活泼。但实际上,它又是那么沉稳,那么安静,让人以为水是不动的,沉静的水面不起一丝风波,放眼望去好似一面镜子,一块面碧绿碧绿的镜子,镜子里草木、阳光的倒影也安安静静的。只在出了村口拐了九十度的大弯向西流去时,遇到陡急的下坡,哗啦啦的水声才显出活泼泼的气质来。但灵溪真的很"灵"。它护佑一方生灵，即便水深两三米亦从未发生溺亡事件，甚至有一回，有人在山上砍柴时不慎跌入溪中也安然无恙。

灵溪院就在灵溪之畔。它们挨得很近，从院里看出去，满目都是碧绿的灵溪水碧绿的枫杨。而跨出几小步，再下几个台阶，就可触摸到清凉的溪水。

一块石碑立在门口，上面写着：灵溪院，清顺治十六年（1659）由高僧赈济率徒募建。康熙十八年（1679）赵衍为之记。清宣统元年（1909）始办学堂，创始人张浩。2001年，玉山中学迁出。

时间忽远忽近，一下子拉回顺治、康熙年间，再走到宣统元年，又返回21世纪。一块薄薄的石碑以数十字记录了这么多关键的历史瞬间，把几百年时间浓缩于此，那么长又那么短。

石碑于2009年6月立，看起来还比较新，在石碑界里应该是比较年轻的存在，但基座几多沧桑，落满厚厚的苔藓，周围杂草遍地，几蓬连翘长势旺盛，开满明亮的黄花。一旁的空地上码着深灰的、橘红的瓦片，石碑后粉墙剥落，横七竖八的青砖裸露着真容，大概已经很久没人管了，曾经也许有人想管过，想要为闲置的房子翻新翻新瓦片，但不知为何，做到一半就走了。

灵溪院的前身是灵溪庵,本是玉山的寺院,院中住有僧人。1909 年,早期同盟会会员、国会议员张浩,回家乡玉山筹办学校,选址灵溪庵,成立"玉山高等小学堂"。1914 年,学校被焚毁,搬至下觉庵寺继续办学。1923 年,灵溪庵新校舍落成,改名为"东阳县立第四高等小学",1949 年 10 月,玉山解放,学校更名为"东阳县玉山区中心小学"。1959 年 1 月,学校更名为"东阳县玉山初级中学"。2001 年,学校与行知职校合并后迁址磐安县第三中学。似乎有点奇怪,学校在寺庙中,寺庙在学校中,两个近乎站在对立面的场所,却在某些特别的时间合为一体,很长一段时间,在人们朴素的语言中,"灵溪庵"成了学校的代名词。

近一百年的时间,过去也就过去了,压缩成文字可以是寥寥几笔,但若要成就事业,足可以做很多了不起的事。玉山中学的百年,是树人的百年,这百年里人才辈出,使玉山成为不可替代的文化地标,令人欣慰。据说,我国著名历史学家吴晗先生亦是这里的学子,当年他随到玉山区署任职的父亲吴闻斋来此学习,毕业于 1921 年。

简易的门楼上仍挂有学校的名字,"玉"字已脱落,只剩下"山中学"三个褪了红色泛着白光的大字。锈迹斑斑的铁门大敞着,它因时间而生锈,因生锈而愈加发出一种

我们的村庄

明亮的红,与周围的黯淡对比鲜明。杂物堆砌,荒草丛生,眼前是一座荒废了的校园。即使曾经的教学楼、宿舍楼、食堂、运动场仍坚守在原来的位置,但破败、苍老、沧桑之感扑面而来,仿佛一声又一声叹息:都过去了,再也回不去了。

许多事物正以飞一般的速度老去,这速度远远超越了成长的速度,衰败常带有摧枯拉朽的力量,不可挽回。但同时,另一些事物在悄然壮大。满墙的爬山虎,满地的野草灌木,它们似乎有点疯狂,任性地随处乱爬,爬满楼前的空地,又爬进大楼,爬满大门再爬满窗口,爬满墙壁再爬满屋顶。几年过去,这里差不多变成它们的了。你看吧,春天它们绿油油的时候,学校也是绿油油的,给人崭新的希望,秋天,它们一点儿一点儿变黄变红的时候,学校也从红的黄的向着更黄更红过渡,等到落叶满地,仿佛一场大戏就此落幕。

慢一点的,也许就是那些树了。它们一季接一季地长叶落叶,开花结果,不曾有过多大的变化。今年去看,一怀抱粗,齐屋顶高,明年去看亦是如此,后年去看仍是如此。几年前,我来过此处,广场中央的槐树深深打动了我。那时它正开花,淡淡的颜色,淡淡的香气包围过来,令人陶醉。我在树下站立良久,竟有些慌张,不知该说什么才好,想起李修文在《山河袈裟》里说的话,竟有种感同身受的感觉:"这景色真是让人害羞,觉得自己是多余的,多余得连话都不好意思说出来了。"

我看看满树的花开,又看看满地的落花,而后等风经过,伸出手接住簌簌掉落的花朵。我深深沉浸于这样烂漫的场景,以至于后来的每一个春天都会念及:槐树开花了没? 树下是否又是落花满地?

眼前,槐树顶着硕大的绿冠站在风里。也许之后许多年,它仍会以这样的姿态继续存在于这样的位置,像坚守和延续着什么。只要头顶那片天空还在,脚下的那片土地还在,它便会年年开出最美的花来。

世界似乎总是公平的。当盛极一时的玉山中学以令人惊讶的速度消亡后,一个让人欣喜的消息传来——这里是中国舞龙文化的发源地。在村中更是找到了传说中的龙头、龙身、龙尾,村内多处地名也都与"龙"相关,村落与舞龙文化交相辉映。台湾出版的一套注音版《中国民俗节日故事》第一册中《龙灯》一文,开篇就道:"浙江省金华有一条大溪,名叫'灵溪',溪水从北边的奇灵山上发源……"如此,除却生机勃勃的绿色,另一种热闹的颜色正在成形。

这里是佳村,一个人杰地灵的地方。

尖山老街

　　某一日,你发现门板旧了,有的地方被磨得薄透了,却不知是什么将它磨透的。也许是形形色色的手,是隐匿其中的虫子,或者,只是时光。事物的老去往往悄无声息,却又理所当然。

　　甚至开了一个洞。一束光走进屋里。光在扩大。孩子调皮的手伸进伸出,猫猫狗狗跳来跳去。门板差不多名存实亡了。又有一天,屋子开始倾斜。一开始是带头的一家斜了,旁边连在一块儿的赶紧过来帮忙,用尽全力想把"邻居"扶正。不承想,不仅没扶正,反而自己也被带斜了。如此,被带斜的还有"邻居"的"邻居","邻居"的

"邻居"的"邻居"。不知多少年过去,一整条街都斜了,像一个老人终究敌不过时间,歪歪扭扭的,任凭十二分努力仍是站不直。在这样的歪斜中,老屋越来越单薄。风大雨大的日子,身子骨差不多要散架了,摇摇晃晃的,令人忧心。

人们不得不另寻去处,一个一个地走出去,一家一家地走出去,最后差不多都走完了。商铺走了,吆喝声跟着走了,讨价还价声也走了。寻常烟火走了,无赖小儿走了,嬉笑怒骂也走了。

一条街,就这样老去了。

后来,一块石头立在了入口处,上面写着:尖山老街。石头不容易老。刻进石头里的四个大字,青蓝色,依然鲜艳。相比之下,建于明清时期的老街就沧桑许多,颇有"岁月易逝,容颜易老"之感。岁月面前,世间万物皆如泡影,总是稍纵即逝。尖山地处金华、台州、绍兴三地市交界地带。三州交会,各地百姓频繁往来,或偶然经过,或短暂停留,或长期从事某项买卖,于是,商铺鳞次栉比,商品琳琅,人潮涌动,繁华街景随之形成。据说,在清代,尖山老街是商铺重地,卖盐的商家众多,有"日销千担盐"之说。那些盐大概自天台来,或从绍兴来,或从更遥远的海边来。当然,随之而来的,是斑斓多姿的文化。

在这样的街上,总能找到一些美好的事物。人们喜欢跟着指示走进去,找一找无处安放的闲愁。或者,漂泊半生的游子归来,一眼望见老街仍在,仿若故友久别重逢,一时惆怅满怀,匆忙地找寻曾经的记忆去了。

一切,恍然重现。在这个屋檐下我避过雨,在那个店里买过东西,在那里吃过最好吃的馄饨烧饼。而小伙伴们成群地追逐在街上,即使路面全用大小不一的玄武石铺成,凹凸不平,又被来来去去的脚磨得滑溜溜的,也总能跑得稳当而飞快。他们自小奔跑在老街上,早已对它知根知底。当奔跑在后的卯足了劲加速,一把抓住前头的,几个小小的身体便拉扯在一处。侥幸逃脱的,也凑过来看起了热闹,哇啦啦的喊叫声此起彼伏。而快乐,不经意间早已传遍了整条老街。就这样跑着玩着,不知何时,小伙伴们都长大了……

温暖的阳光洒下来,老街的一半晾在阳光里,一半躲在阴影中。狭窄的街道,面面相觑的两层木楼,手挽手肩并肩的站立姿态,稍显局促的生活空间,都是原来的模样。几个人站着聊天。有人从阳光中走来。有人骑着电动车颠簸着过去,砰砰啪啪的声音跟了一路。有游客驻足,心事重重的样子,仿佛在寻找或思考着什么。

三两家店已开张。鞋铺卸下窗户上的木板,在窗口的旧桌子上摆出一排雨靴,高筒的、中筒的,深蓝、大红、迷彩,都是小时候常见的款式。越过窗口往里瞧,老式木头置物柜、老式柜台、各色毛线、老棉鞋、解放鞋,摆得满满当当,是20世纪80年代的样子。以前在供销社常见这样的场景,只是这一间房子太小,略显局促罢了。

隔一段路的门口立着个人头模特,长发披肩,边上一个架子,挂满蓝色毛巾。门口上方的招牌上写着"亭兰理发"。望进去,一个男子躺在理发椅上,理发师拿着剃刀给他刮胡子。理发师老了,大概五六十岁。大概叫亭兰,一个好听的名字。又隔一段路,是一个裁缝店。没有招牌,门窗上分别贴着一张白纸,写着"修裤脚、换拉链"以及联系电话。主人不在。

一种繁华落尽的静默蔓延开来。老街低沉沉的,不吭一声。其他人家都上了锁,有的锁生了锈,有的锁新着。几道门上落了好几重锁,似乎要长久离开,想着要多加一把才放心。而我们呢,看到那么多锁,坚硬又冰冷,仿佛看到一种生活戛然而止,下定决心要与过去彻底割裂开来,心里头不免怅怅然的。

想起之前,沿着老街走下去,会经过周氏宗祠,会走到尖山小学。那时,我是学校里的一名老师,先生是卫生院的医生。我每日几回往返于两点之间,而连接这两点的正是尖山老街。每日在老街上来来回回,以为关于老街是再熟悉不过的的,可要在脑海里细细描绘出具体的样子,竟是不能够。我们往往急于赶路,而忘了留意路旁的风景。唯独记得那时总匆忙地奔走在路上,奔赴书声琅琅的学校,奔赴成立不久的小家,似乎都是怀揣梦想奔赴美好未来,满心皆是暖意融融的欢喜。

　　一晃十八年过去。学校觅了新址,搬去狮峰山脚下,建成更具规模、更现代化的校园。老校舍差不多拆完了,一座漂亮的酒店拔地而起。所幸,角落里的老四合院被留了下来,建成乡贤馆。走进去,虽面貌崭新,却似乎还能看见那个窄窄的讲台上,默默奉献青春的自己。这些年,我虽过得起起伏伏,但也算令人满意。今日重走老街,恍如看见当年的自己,跌跌撞撞从老街出发,一时感慨万千。而被展示在馆内的认识或不认识的乡贤,一生诸多成就,却也曾是这里的稚嫩学子。即便他们走得再远,仍有这样一个温暖的地方等着向他们敞开怀抱。岁月,能给我们留下一些痕迹已是眷顾。

　　老街上方挂满了新颖的灯笼,明媚而张扬,仿佛架了一座彩虹桥。门上的对联红彤彤的,是新年贴上的。一群工人对着老屋修修补补,破旧的门板被拆下,换上了崭新的,白花花地泛着光。也许会对老屋做仿旧处理,营造出回到从前的错觉;也许会顺其自然,任它在时光里慢慢老去。

老街不急呀,它有的是时间。

横路村

横路味道

　　人要在中年以后才能明白一些事，一个村子则要拥有上百年，甚至几百年的积淀方能显得厚重与耐看。横路便是一个这样的村子。

　　若要说一说我对于横路的感觉，或许应该叫作一见钟情吧。初次来到横路，就被它独特的韵味牢牢吸引。此后，便不断地来，独自来，也领朋友来，到现在竟不能数清到底来了多少次。然而，每一次的感觉都是新的，仿佛老情人般，尽管彼此早已熟稔，而相见的欢喜并没有少却半分。

　　这是一个用石头垒起来的村子，墙体、路面、台阶、石凳,全都用黝黑的玄武岩叠成。玄武岩系火山岩,质地坚硬,凝重含蓄而耐看。这里的房子看起来简单有趣,像孩子搭积木一般,砖块般大小的乌石一层又一层地往上叠,搭到差不多两层楼高时,便停下手来,盖上青灰色的瓦片。若是要开扇窗,就在合适的位置轻轻抽去几块乌石,阳光马上就沿着新开的窗户跳进来,屋里顿时亮堂起来。初次见到这样的房子,我们在感叹之外总要担忧一番:"只是这样搭起来,会牢固吗?"有时也会刻意保持距离,绕远些走,怕那些"积木"稍一触碰便会轰然倒下。然而,这样的担心是多余的,自从元至正年间周敦颐后裔始迁居于此,这些房子便出现了,多少年了,丝毫也没有改变原来的模样。

前人,多有智慧。

然而,前人的智慧远不止于此。在村中行走,会和越来越多的惊喜不期而遇。村子布局严谨巧妙,高低错落有致,巷陌四通八达,哪里要拐个弯,哪里要搭个台阶,哪里要开扇门窗,看似漫不经心,随意至极,却极难掩饰设计的科学和美感,这与朱良志先生谈及的中国艺术中"不似似之"的原则颇为一致。空间的巧妙利用恰到好处,既不浪费这个临崖而建的小村一丝一毫土地,又不至于在人走入时显得狭隘逼仄。小小的山坡地上集聚了乌石古民居三百多间，其中保存完好的三合院十六个，像一个个精美的艺术品。也许，换了现代的设计师，倒不能有这般巧妙的创造了。

村子里有三口神奇的古井，古井与一水池毗邻，严格说，应该是心贴心背靠背地紧挨在一块。但令人不解的是，三口古井的水位总是远高于池水水位，并且各不相同。井水清澈甘甜，横路人总喜欢挑了这井水喝，不知道是否因为这个，长寿的人特别多，一千多一点人口的村子，八十岁以上的就有六十多人，其中不乏百岁老人。

横路的路是安静的，甚至有些肃穆。两边是高高的乌黑院墙，偶尔一片方方的阳光明晃晃地投影于墙上，对比鲜明。置身其中，突然会有一种时空穿越之感，不知今昔。据说，这里曾经是一条极为重要的"官道"。也许吧，黝黑发亮的路面做些说明。

村子里见得最多的是黑色，但绝不仅有黑色。那些自由生长着的绿实在招人喜欢。嫩绿的丝瓜蔓挂满了门前墙边的竹篱笆，调皮些的便沿着乌黑的墙壁往上爬，或挂上电线，或在窗口小憩，骄傲地开出金黄的花朵，而后荡秋千似的垂下几根青色的丝瓜。如此，相互映衬之下，藤蔓绿得越发好看了，乌石更加凝重端庄了。而门前随意散落的凤仙花、墙头倒垂的仙人掌，以及不小心窜出墙来的梨树杏树,更为炎炎夏日中的老村带来一份清凉与灵动。

　　每次到村中来,遇见最多的是老人,当然也会遇见一些尚不到上学年纪的孩子,他们朝夕相伴。有人说,他们属于留守人群,语气中带些惋惜和凄凉,一副被世人遗弃的样子。然而,这样的惋惜也许是不明事理的我们强加给他们的,在他们心里不见得会有这样的想法。这个时代,越来越多的人漂泊在异乡,越来越多的人一不小心就失去了安放灵魂的故乡,而横路人能日复一日地留守在属于自己的精神家园,未尝不是一件很美妙的事:他们穿很朴素甚至泛旧的衣服,端很大的碗坐在门前的石块上大口吃饭,扯开嗓门对犯错的孙辈骂骂咧咧,摇着蒲扇偶尔瞧一眼我们这些"外来风景",也偶尔理理头发、扯扯衣角冲我们的镜头自然微笑……

　　朋友说:横路的味道很独特。我赞同。

如在桦溪

孔氏家庙的门槛那么高。我们要高高抬起整条腿,侧过身子将重心往上提,放下右脚,再将左脚以同样的方式迈入。一抬一落间,心里头早已认真起来。又想起老人说,不论门槛高低都要一脚跨过,不可踩踏,否则就是踩在主人的脖子和脊背上。在古代,门槛象征着地位,也代表着家族的权势。寺庙、宗祠、大户人家的深宅大院,都有高高的门槛。每次跨过那些门槛,敬畏之意便油然而生。

每回来到孔氏家庙,都觉得进了一个肃穆庄严的场域。我之前将这种感觉归因于陌生,陌生是可以产生疏离感的。但几年里来了无数次，我和家庙依然十分熟悉，那份敬畏，大概是丢弃喧嚣和浮躁后，从沉寂下的内心自然生长出来的。我听见他们说：宋建炎年间，金兵大举入侵中原，宋高宗南逃，孔氏第四十八代孙孔端躬一行随驾南下，路过榉溪时，其父病重……我就这样看见一个村子的来龙去脉。原来，它生长在一个故事之上。故事里有金戈铁马，有背井离乡，有许多无法言语的忧伤。但都过去了，这段历史成了一个人人传诵的故事。那么多孔氏后人都会讲这个故事。他们语调温软，有着永康与仙居方言结合的口音。他们态度温和，将一幅自宋时而来的历史画卷徐徐展开在我面前。他们眼里有光，有自豪，有洒脱，也有对这片土地的万千柔情。大概，是将近九百年的光阴教会了他们。

常常迈过一块又一块青砖，来来回回地走，一连走上好几遍。我想在这样的行走中探索一些未知的秘密。那些青砖显然比较年轻，鞋子踩上去吧嗒吧嗒作响，还不能像经年的老砖那样把人的脚步吸收。如人一样，只有到了一定的年纪方能练就保守秘密的本领。人少的时候，家庙显得空旷，脚步声唤起一连串回声。回声之下，家庙愈发旷远。

我在宋元明清的柱础之间穿梭。圆的、方的、雕花的、朴素的,每个朝代都有自己的美学标准。有的崇尚简洁素雅,有的追求花团锦簇,仿佛一些人一生平淡如水,而另一些人叱咤风云,轰轰烈烈。那么多朝代集中于一处,规规矩矩地排列过去,只隔十余米甚至几米的距离。我细细端详它们——时间真的很奇怪,两个、三个甚至四个朝代之间的距离可以这么短。我的双手滑过八十四根大大小小的柱子,粗糙的以及光滑的,陈旧的以及更陈旧的,岁月磨砺它们,也向我们交出答案。

我看见家庙里的戏台始终沉默着,偶尔有如我一样的游人登上台去。我们张着充满好奇的眼睛四下搜寻感兴趣的事物,以为能发现一些什么。但所闻所见无非是噔噔作响的脚步、斑驳的花纹、褪去以及留下的色彩……很多事物说过去就过去了。我们怀想当年,一方唱罢一方登场,主角频频转换,又都如尘埃匆匆飞逝。然而,过去岁月里的戏,唱了一场又一场,又有几场能唱出真正的人世悲欢?

天井是家庙最生动的地方。站在天井里,仿若置身于一个时光风口,万千气象在头顶瞬息万变。晴天,天井上方的天空方方的,瓦蓝纯净,毫无杂质。也许乡村的天空本就那么蓝,也许是家庙乌黑的瓦片把天衬蓝了。天井上漏下的阳光也是方方的。它亮堂堂地投在地上,随着时间在地上挪动——早晨在西边,中午在中间,下午往东走。走累了,一天也就这样结束了。雨天,天井将雨叠成方方的水幕,大雨热烈,小雨温柔,是一场又一场流动的演出。而有霜雪的日子,寒意从天井中灌进来。我们打量天空,它始终灰灰的。走到一侧望向乌黑的瓦片,才发现冬天终于来了。霜会落在屋檐上,雪花会穿越天井飘进家庙。就这样,黑的黑,白的白,水墨画一般的世界形成了。

家庙后方端坐着三位孔氏圣人。中间是孔子,孔若钧、孔端躬父子分坐两侧。他们只是安静地坐着,却无端地生出许多威严来。也许,每次走进家庙感受的肃穆也是源于他们。他们是家庙的核心,是家庙以及整个孔氏家族的魂灵。他们眼神慈祥,面含笑意,望一眼,再望一眼,心里仿佛被什么东西触碰了一下,不禁柔软起来。他们仿佛能洞察人间疾苦,四目相对时,我们便一点一点地打开心扉,倾诉心事。我们分明感受到,心里头一点一点地明亮起来,空旷起来。许多时候,人就是这般奇怪,凶神恶煞的样子,看似威风八面,却起不了震慑作用,而三分笑意却如春风一阵,最能俘获人心。

在孔子的上方,是一块牌匾,上面写着:如在。白底黑字,字体遒劲,没有落款。这牌匾应该是年长之物,上

头的字微微褪了色,白色的底却泛了黑。孔氏一族极为
贵重这牌匾,既将之悬于最显眼之位,又反复告诉大家失
而复得的惊喜。想当年,有人将牌匾涂满石灰,悄悄用作
猪圈围栏才使其躲过一劫。抬头望去,石灰的痕迹依然
若隐若现。而今重新悬于家庙上方,这份劫后余生的幸
运使之变得尤为尊贵。而当初不知是谁挥了手中那支大
笔,郑重地写完"如在"两字后就罢了笔墨,连个落款都不
题就草草了事。不知是故意为之,还是另有不得已的原
因。我们唯有猜测罢了。岁月有时将答案和盘托出,有
时却守口如瓶。

　　"如在"语出《论语·八佾》:"祭如在,祭神如神在。"
祭神如神在,祭祖先如祖先在。榉溪村五年一大祭,三年
一小祭,年年有家祭,正是"祭祖先如祖先在"。

/林宅村/　千年银杏

　　最让林宅人引以为豪的,是那棵长了一千二百多年的银杏。

　　它长在村民口中的古树公园内。其实那不能叫公园,只是几棵银杏、红豆杉等古树聚集在一处,仿佛几位千年老者占领了一个小山头,摆好阵势对弈,而零落四处的三五块大石,便是他们的棋盘了。这样的地方顶多只能算一个土坡,充满闲云野鹤之趣。在什么样的环境中成长就会具有什么样的气质,难怪那几棵树长得逍遥自在,仙气十足。用时下流行的话说:特别有范儿。尤其是那棵银杏,要年纪有年纪,要风度有风度,随便甩一甩衣袖,便自有一股不容小觑的气场。

　　它的枝条粗壮,努力向四面八方伸展。向高空伸展,笼盖了一旁的古树;向东边伸展,触及前边的三层小楼;向北边伸展,盖过大半座黛瓦白墙的四合院;向西边伸展,探身朝向池塘中的游鱼;向南方伸展,村民经常走动的小路上方就有了亭亭华盖。它也向下生长,形成无数遒劲的根。那些根也自由惯了,像调皮的孩子,跑到地面上来,东游西逛,跑得满地都是。逛累了,便安心地歇下来,永远地留在地面上。这些裸露的、虬曲的、交错的庞大根系,布满细密的苔痕,苍老、遒劲,像爪、像网,像沧桑的老农手上勃起的筋脉,仿佛在跳动,一声一声听得见响动。又仿佛无数张拉满的弓,饱满得仿佛马上要从土里弹出来。

　　去的次数多了,有幸见识银杏四季的样子。我们像老朋友,互相望见对方的成长。短时间来看,它生长的速度更快,四季轮回,日日不同。长远来看,我的青春逝去得更迅速些,你看它站在这里千年了,一两年的光阴又算什么,而我们,终究不过几十个"一两年"。此时正逢春日,每一个枝丫都醒来了,孕育出柔嫩的、鲜绿的芽苞,再来几阵春风春雨,就是满树欣欣然的绿意了。不过,最爱看它秋天的样子,叶子黄遍,枝丫尽染,仿佛披挂了一身金羽衣。秋风吹过，黄叶如蝶纷飞飘舞，不一会儿工夫，屋顶上、地上、路上，无处不到，世界成了金黄的，其他颜色顿时黯然。若是再来一阵秋雨，散落一地的叶子就能重新滋润起来，泛着好看的光泽，像落了一地的金子。夏日和冬日，它的形象相对单调一点，一个劲儿地绿着，或一个劲儿地秃着，然而，都很热烈。

在许多年前，这里大概是村子的"水口"。先祖在择地而居时特别注重水口的选择，往往诸水归口，绿树成荫，如果树木长成一片林子，就称它为"水口林"。树木的年轮基本可以代表村庄的年纪。但是先有树还是先有村庄，就如先有鸡还是先有蛋，谁也说不清了。只是，千百年来，它们相依相存，永远同在。水口或隐藏极深，或开阔如砥，或曲径通幽，代表着村庄各自不同的气质。从这里开始，拨开绿树的层层掩映，村庄便一点一点地显露出来。只是时过境迁，后来公路通达，许多住户往路边挪移了。在以前应该还有一片更为广阔的林子，那么村名从古时的"临泽"改为"林宅"，即使家谱上没有相关记载，也不难理解了。

能让人望见一个地方的历史和文化的，除了历经风雨而不倒的古建筑，最常见的便是树了。日新月异的更替中，幸存下来的建筑显然不多，古到一定程度的更是少得可怜。树木稍好些,许多时候它比我们想象中要坚强。它的年岁大了,见过的风雨自然也多,久而久之,便成为一段历史的见证者、一个村庄的魂灵,或者一个地域的代表。确实如此,我遇见过的其他树:诸如国清寺中的隋梅,李世民栽下的银杏,孔氏家庙前的红豆杉,它们在默默生长中,逐渐长成一个地方的文化地标。

当然,林宅村的代表不只有树木。这里出过武状元周师锐,因此村子被称为"武状元故里",虽然现在村民并不习武,而从文从政居多。后来出过十七个与周师锐一般的名人,在当时当地有过骄人的成绩,形成过深远的影响。只是现在村里有胡姓、张姓、李姓等十三四个姓氏,却再没有周姓的人了。他们去了哪里?当年到底发生过何等惊天动地的大事?所有销声匿迹的背后有着怎样不为人知的秘密?史书上没有相关记载,也没有任何传说,也许只有村里的千年银杏知晓了。

留待银杏讲述的,还有那些关于大兴国的故事。当年杨镇龙率义军从临海雄赳赳气昂昂地过来,后以此地为根据地,兵分两路,直扑东阳、新昌。当初千军万马的气势,十里长街的繁华,奋力厮杀的惨烈,虽有过零星的文字记录,也有成片的街石证明,但都只是一小部分印记罢了,我们只能从这些支离破碎的影像中追寻当初的盛况。如果真要寻求当时真实的场景,恐怕也只能问问村中的那棵千年银杏了。

　　只是,它喜欢观望,喜欢倾听,更喜欢沉默不语。

山水之间也

这两年常去山中,去山水之间看风景。树木抽枝发芽,花朵开了又谢,鸟儿划过高空,农作物日渐成熟,叶子绿了黄了又落了,生命来来去去,周而复始。大多是天清气朗的好日子,每去一次,仿若将自然中诸多美好风物也带了回来,心境开朗澄明。

天色不佳时也去,多是心头烦闷之时,可能有冷风有小雨,那就去听风听雨,看世间万物在风雨交加的日子里,依旧保持内心的镇定。山色愈发青翠,树木花草晃啊晃啊仍牢牢扎根于脚下的土地,虫鱼鸟兽虽不见踪迹,亦不过是躲了起来。总有一些日子需要躲一躲,像我们,只是以这样的方式躲入山中而已。

酒娘的妹妹走了，约了张渔去看她。她住的大皿村是千年古村，群山环抱，皿溪穿村而过，溪上有桥十余座，两岸是古色古香的屋舍，走进这里，恍以为误入了桃源深处，觉得日色美好却不真实。村民自得其乐，长寿者居多。

抵达大皿时，赶上新年头一回交流会。大皿交流会一年有四回，每回一天时间，隔天去冷水，再去新渥，一路赶下去，人们常说"赶交流，赶交流"，好似交流会真是被赶走的。交流会上卖什么都有，很生活，很接地气，人们从四面八方赶来，热热闹闹的，像要过新年一般。酒娘找了过来，虽笑着，却难掩内心深处的哀伤，在这样的村落里失去至爱的妹妹，心里一定很痛，每每问及，却只说：还好的。但我们知道的，有些痛，只能消化在心里，不能说出来给他人听。成年人的世界需要太多坚强，即便是伪装起来的，也要给人坚不可摧的印象。

带她离开村庄，暂时离开熟悉的生活。我们去山里，在西告村的一片竹林中支起桌椅，摆上水果、咖啡、蛋糕，仿佛支起另一种生活。我们像在逃离什么，又像在寻找什么。

竹林在水边，迈出三两步便是溪水。春日的溪水纯净而活泼，又刚下过雨，潋滟波光，颇有韵味。溪里要涨满水才好看,就如人要微微胖些,水灵灵的才好。我们以为掌握了一种阅读溪流的方式,掬一捧水,看它从指尖一点儿一点儿流逝,也不必惋惜,水还多着呢,再掬一捧便是,很多事情是可以来一遍再来一遍的。只是,生命不行,过去了就真的过去了。中年的我们大都经历了生离死别,看着最亲最爱的人像水一样从眼前流走,消失,再也不见,心头的伤痛说也说不出来。并且,那样的伤痛不会如逝去的流水一般不着痕迹,痛过的地方会结痂,会留下疤痕,遇上不良气候会隐隐作痛。就算时间过去再久,疼痛也不会自行离去,而是固执地走进我们余生的每时每刻,存活在我们的潜意识里,如影随形,直至生命结束。

今年的竹林十分青翠。村人说今年是大年,那么去年是小年,明年也是小年,后年又是大年。他们用独特的观察方式掌握了一片竹林的生活规律,或者应该说是生命规律。大年之时,竹下多笋,一棵竹子生出多个笋宝宝,小年之时,便是生累了,少生几个,要么干脆不生了。观察竹子面色便可判断,枝头青翠者是大年,枝头枯黄者是小年。而即便同为竹子,大年小年亦不一致,这山的竹子大年之时,隔山的或许正过着小年。

眼下,我们所在的竹林正过着大年,墨绿的枝叶在头顶拉起天幕,蓝天的一角镶进天幕里,风过竹梢,天空也在晃动。

酒娘叹了口气，说：七年了。妹妹生病七年，她作为唯一的姐姐，生活，或说生命的重担自然落在了她身上，她陪着妹妹四处求医问药，操尽了心，受尽了苦。这七年，她亲眼看着一个活泼泼的生命慢慢萎谢，一步一步走远。现在，她永远离开了，再也不见了。

她又说：人生来就是受苦的，苦受尽了，也就结束了。她似在向我们倾诉，又似自言自语。我想起史铁生也说过这样的话，他不能接受母亲的早早离去，却无能为力，只能安慰自己："她心里太苦了。上帝看她受不住了，就召她回去。"她们，只不过是来人间受苦的，现在走了，不过是回去了而已，就像回家那样。无法找到出路的时候，我们只能向世界妥协，与自己握手言和，找来一些不是答案的答案放过自己。

酒娘妹妹最后的时光是在医院度过的，我去看过她。傍晚时分，天色暗了下来，病房里没有开灯，暗暗的，模糊见得几个人影。大概，是病人受不了强烈的光线。人在虚弱的时候所有外在力量都成了致命的刺痛，即便是几束光亦颇有杀伤力。酒娘妹妹已有十余天未进食，靠一些药物延续着。她像一条干瘦的鱼搁浅在病床上，窄小的病床显得空旷。她发出微弱而低沉的呻吟，母亲和女儿为她浑身上下搓着。疼痛，已深入她的骨髓，即便用上最止疼的药，亦只能缓和一点，无法药到病除。我愣愣地站着，看着，不知该说什么，该做什么。我一直比较乐观，以前，总相信船到桥头自然直，凡事总会好起来等一些大道理，可是，站在病床前的那一刻，我突然明白有许多事情是我们根本无力左右的，即便只是希望她的疼痛少一点，再少一点。

之前，在医院宣传页上见过疼痛被分成十个等级。零级是无痛，十级是最剧烈的疼痛，后面备注说明，十级是疼痛的最高级别，是超级疼痛的，几乎无法忍受的，可见肿瘤压迫疼痛，女性分娩等。只是，很多疼痛的体验局限于经历者本人，旁人是无法感同身受的。制定疼痛等级之人，大概不曾亲历每一种疼痛，他通过观察比较病者症状，做出了有限的判断。在他制定的表格里，我们可以让疼痛对号入座，却无法将深入骨髓的恶魔一一驱除。

分娩的疼痛是暂时的，是为了迎接新生命的到来，疼痛里带着喜悦和希望，疼痛中的一部分亦变得美好而令人期待了，痛尽甘来，那声嘹亮的啼哭令人欣慰。而肿瘤之痛是让人绝望的痛，在从不停歇的疼痛里如抽丝一般抽离走所有生命。她便是那样绝望地疼着，分分秒秒都在疼，救死扶伤的医生以及至亲至爱的家人也束手无策。

她们以为搓一搓能减少疼痛,便一刻不停地搓着,像我们小时摔了跤,母亲搓一搓就不疼了。这样的不疼一者是摔得不重,二者是有了母亲的宽慰,那是母爱在发挥作用。据说,母爱是可以战胜一切的,只是,在巨大的疾病面前,母爱以及其他所有都显得那般渺小,即便酒娘母亲日日夜夜悉心照料,亦不能挽回她妹妹水一般流逝的生命,即便她妹妹心有不甘,不舍丢下这世间的一切,亦只是日复一日地以这样的方式做着告别。搓一次,少一次,大家心知肚明,以后,怕是连这样的机会也没有了。

"也好,终究是解脱。"酒娘说出这话时,仿佛获得了一丝轻松。往后,她妹妹便不用再受那样的苦了,她们亦不用因为她的苦而苦不堪言了。都结束了,解脱了。只是,她们姐妹之间的情缘终究尽了。

竹林中的泥地被翻了好几遍。新鲜的泥土蓬松柔软,那是人们淘笋留下的痕迹。村人喊挖笋为淘笋,果真和淘宝似的,有很多不确定因素,有时淘回去很多笋,有时空手而归。成事有时靠实力,更多时候靠运气。但看见一旁丢弃着许多笋壳笋根,想必走进这片林子的人大都满载而归。时下已是清明,竹笋终究按捺不住,一个个探出灰扑扑的头来,一刻不停地生长,身边有,稍远处也有,一俯身,发现我们用来当桌子的大石下也探出个笋尖儿,仿佛有点儿害羞,猫着腰儿,怯生生地欲语还休,但日后也能长成挺拔的竹子。

村民又有不成文的规定,过了清明不再淘笋,留着养育林子。被村人看中要培养成材的竹笋已被贴上标签——旁边用根随手捡拾的柴棍、竹枝插一插,就是在告诉人家这笋别挖,留着成材。大家看见了也会默默遵守,这是对这片竹林的尊重,也是对一代又一代生生不息的竹子的尊重。一开始,我们或许不理解如此朴素的护苗方式,但在农村,所有经验都是来自田间地头的,多进几次林子就懂了。

竹笋的成长速度惊人,一节节拔高,不几日便高过头顶,再过几日就变成修长的竹子了,只是新长出来的竹子嫩生生的,不如老竹沉稳,但给一点时间,它便很快成熟起来。甚至,我们坐在旁边,一个转身的工夫,它们已长高了一些。如此旺盛的生命,仿佛它们不是按生命特有的规律生长的,而是有一只大手悄悄将原先暗藏土壤深处的竹节一一拔高了。

山中的时光过得很快,阳光移去了另一边,我们收拾东西,即将回归原有的生活。这一天仍然是平凡的一天,似乎与其他日子并无不同,只是,回头看时,林间散落的竹笋已长高了许多。

又一次出走

/灵江源村/

　　徐则臣在《夜火车》中说，"他就是想出去走走，走得越远越好，到一个陌生的地方，看那些从没见过的人和事"。我理解这种"出走"，我的内心深处也曾有这样一个"出走"的念头。一旦遇到合适的机会，我就出走到山林、田野、荒漠、高原、城市、乡村。我到各地去，看一段山水，认识一些人，然后再回到出发的地方。

　　秋日里，一群文友相约去灵江源看山水。这是一次志同道合的集体出走。我们从磐安、仙居、缙云的各个角落赶来，再从一处名叫灵江之源的地方开始，去探索它的来龙去脉。

站在灵江源景区门口，抬头望去，我突然想到了"山高水长"这个被用来比喻恩德深厚的词语，我却喜欢它字面上的意思——山巍峨地耸立着，嵌入蔚蓝的天空。一脉清流从山谷欢跃而出，流过山崖，流过村庄，引领一路上遇见的其他水流，成河，成江。领着我们前去的姚诗人说，几日不上山就浑身不舒服，景区内负氧离子含量爆棚不说，爬爬山，出出汗，站在山头看一看脚下往来众生，还有什么不称心呢？我羡慕他有这样一个可以疗愈疲惫的好去处，他仿佛找到了自己的山水知音，从此，就这样一日日地"相看两不厌"。而我和大多数人一样，一生都在寻寻觅觅，又能有几个是幸运的呢？

　　向山顶走去，在林木的影子中穿行，凉爽的空气沁人心脾。仰起头，天是蓝的，秋日的暖阳正温柔地望着我们。再也没有什么在身后追赶，我们散漫下来，懒洋洋地走走停停。

　　山水似乎在生长，与前些年看见的不同了。林木更魁梧了，溪水更活跃了。那些从山涧中喷涌而出的水，清亮亮的，沿着倾斜成六七十度或更陡的石崖哗哗而过。有人喜欢亲近它们，便两手抓住石崖上的铁链攀爬而上。他们爬得小心翼翼，手抓得不能再用力了，整个人紧张起来，像一棵挺直的树，几乎垂直地扎进岩石里，一步一步往上,颇有些艰难。我们看得心惊,仿佛听见他们高频率的心跳。有几块岩石被溪水泡得湿润,长了暗绿的苔藓,他们脚下一滑,一个踉跄,我们"啊"的一声喊了出来,蒙上眼不忍再看。他们却早已换了姿势,"蹭蹭蹭"地上到了平缓的地方,拍拍手,如释重负般地舒出一口气。阳光透过树叶洒下一串斑点,在他们身上来回跳动,他们似乎比方才更有精神了。

路更长了。总是望不到尽头,要么消失在屏障一样的树木之间,要么在一堵岩石之前转身,向更高处爬去。路也更厚了。鲁迅先生说:"世上本没有路,走的人多了便成了路。"一只又一只脚踩在土地上,土地被压实了,陷了下去,路就成了。我以为,人们留下的脚印是有厚度的,千千万万个脚印叠加起来,便长得厚厚的,从土地上凸出来,越长越高,路就出现了。在这样的路上留下脚印——大脚、小脚,布鞋、皮鞋、运动鞋,名牌的、普通的,甚至廉价的,脚印越叠越厚,仿佛累叠了我们精彩的、落寞的、富有的、贫穷的各色人生。

这里的树,遇到了一款适合生长的好山水,越长越茁壮。然而,一棵树不见了。

那是一棵让我印象深刻的树,比从坚硬的岩石中挤出一个口子、拼命长成和其他树一样风度翩翩、令所有人喷喷称赞的"生命树"还让我记忆深刻。在这座宽阔的大山中，数不清的树组成了一个完整的社会，如人类组成的社会一样，每棵树扮演着不同的角色，有的素朴，有的妖娆，有的坚强，有的柔婉，有的春风得意，有的坎坷一生……它们姿态各异，风情万千。可是，我独独记住了那棵树，也记住了初见它时的天色、心情以及同行的朋友。它扎根于路的一侧，身子伸得老长老长，一直伸到了路的另一边。它凌驾于整条路的上方，拦住我们的去路，颇有些调皮地向我们伸出手，像是在说："此路是我开，此树是我长，要想过此路，留下买路钱。"我们同样调皮地弓起腰，从它身下钻过去，而后趴在它身上，闻它淡淡的楠木香，摸一摸它并不粗糙的树皮。它似乎痒得难受，抖一抖头上的树叶，传来一串"咯咯咯"的笑声。我和朋友们齐刷刷地站在它身后，不约而同地牵起它的手，留下许多照片。那一刻，我们仿佛变成一棵楠木，与它并肩站着，或者是那棵楠木变成我们。总之，我们成了朋友。我原以为它会一直长在那里，以为一棵树可以活很长久，久到此刻与它擦肩而过的男人女人成为爷爷奶奶，太公太婆，或者太太公太太婆，甚至成为一个遥远的代号。可是，它不见了。

"它去哪儿了？"

"死了。"

"为什么？"

"不太清楚。也许自然。"

一棵树走了。没有多少人会记得它曾横在路中央调侃过每一位路过的人，没有人会记得树上长出的故事。会有其他树长出来，其他故事也会重新占据我们的心头。看着那个赤裸裸的树桩，我们会突然明白过来，成住坏空，人生短长，皆是缘分。就如《夜火车》中，那么多人说走就走了，雨禾、许老头、金老师、魏鸣，短短几年，就永远消逝不见了。年龄越增长，见过的离别就越多，我们恨不能让时间慢一点。可是，谁又能拉得住时间呢？

一座玻璃桥拦住了我们的去路。它率先占据了我们的眼睛——几条巨大的斜线拉着一个半透明的物体。它横架在两座山之间，跨度三百六十五米，垂直高度一百八十九米，被称为"华东第一高空玻璃桥"。它曾引起很大的轰动，一拨又一拨寻求刺激的人纷至沓来，将来路堵得水泄不通、寸步难行。我生来恐高，从那么高的地方往下看，我会感到眩晕。我担心自己会从那么高的地方掉下去，一直往下掉。我甚至看见了那个场景——我在空中向下飞去，像一缕云，一片叶子，一根羽毛，我的身边没有任何牵绊，身下的万丈深渊没有尽头……这场景常常吓得我像一根木桩定在开始的地方,寸步难移。同行的杨美女不解:"有什么好怕,刺激着呢!"酒娘也说:"没什么可怕的,一个'大不了'而已!"也许吧,那么多人走过去了,大锤子砸过了,八辆汽车开过去了,还有什么可担忧呢? 我试着走了几步,扶着栏杆,看着前面的朋友,看着桥的尽头,心里一点一点地放松起来。我看见一百八十九米高空的风吹起我的长发,看见玻璃下面的林木在秋风的渲染下呈现出缤纷的色彩,还看见刚刚进入林中的人们小如蚂蚁,一步步地拾级而上,向我在的地方走来。我得到前所未有的放松,撒开腿跑起来……

下山后,又一次站在景区门口,这是我们出走的起点,也是从这里开始,相谈甚欢的文友们即将分道扬镳,我们互道珍重,约好下次再见,恍若金庸武侠小说中的离别。我们又要回到属于我们的小城,去过属于我们的生活。看起来我们似乎要回去过与昨天一模一样的日子,但实际上我们心底深处都感受到了微妙的变化,我们似乎拥有了一股新的力量,对未来充满信心和期待。这份感觉与以往出走后的感受相同,有一种豁达在骨子里生长,也许是这场相聚给的,也许是每一个毛孔都舒展得痛快影响的,又或许都不是,只是这方静默的山水给的。

扭头望去,山水依然静默着。我依然想用"山高水长"来形容它们,只是与刚才不同,我已不想再取它字面上的意思,就如人生的几个境界,起初看山是山,看水是水,而后看山不是山,看水不是水,最后看山还是山,看水还是水。这是一片山水的长度和高度,是一片山水的灵魂,用"山高水长"来形容当之无愧。

我们的村庄

湖上风物

关于湖上

湖上是村名,却又不像村名,与河上、江上、海上一样,在于指出一方位置,并指明与水息息相关。至于位置之上还有什么并未交代,但也就是不交代,让人拥有诸多想象空间。如果放任想象,大概湖上有云有雾,有游鱼飞鸟,有辽阔的山水,有码头游船,岸边还有人家,人家里的日子相似又各不相同。

湖上本不叫湖上,陈界和藤潭岗两村合并之后,便有了新村名湖上。我以为湖上比之前两名要好,广阔而带有诗意。大概，取名之人亦是富含诗意之人。也算是名副其实了，站于村口的观景台上，向远方眺望，目光穿越近处的山水，抵达远处的山水。群山纷纷退让，退到目光所及的至远处，让出足够空间任一湖水自由驰骋。于是，山环抱着水，水追逐着山。也有山像舍不得离开似的，留在水中央，成为小型岛屿。水是很好的镜子，山的影子落入水中，水上和水中便有了同样的山。下到湖边，以为可以与山水更亲近，却发现山水仍在远处。山水之外仍是山水。

湖叫五丈岩水库，因恰好位于大兴国遗址西侧，故又叫"皇城湖"。如此，湖似乎不一样了，湖成了一个有来历、有故事的湖，湖上成了一个有来历有故事的村庄。只是，不知当年的金戈铁马有没有影响过这一湖水的安宁。

落叶

四个季节中，最喜欢春秋，觉得它们很丰富。但秋天是安静的丰富，春天是热闹的丰富。当你专注地看山看树，秋山秋树是处事不惊的模样，叶子黄着就黄着，红着就红着，许久不变样子。而春山春树却不一样，姹紫嫣红里藏掖着瞬息万变，一转眼工夫，花就开了，再一转眼，花又谢了。

我常望着丰富的山色出神,一动不动,山色似在回应,同样一动不动。偶尔感叹一声,山色真美呀。有朋友却说,面对山色,他脑海里闪现的皆是小时砍柴的情景。我们微微诧异,却也明白,自始至终,我们的生活里都住着各自的童年。

在湖边读书,耳边是唰唰唰的扫地声,几位妇人在扫落叶。她们将叶子归拢到一处,装进袋子,不知要带向哪里。叶子进入尼龙袋,一片叠着另一片,一片抱着另一片,不同层次的红与黄交织在一起,间杂一些绿,又被白色尼龙遮得朦胧,竟有一种意外之美。只是我们认识这样的美,她们不懂。

鹅掌楸从四面八方聚拢过来,像一群身穿黄金马褂的小东西在奔走。唰唰声有节奏地重复着,一声一声扫远了,又一声一声扫回来。听得久了,以为落叶声,树上的鹅掌楸成群成对地往下坠,碰到一处时,发出好听的摩擦声。我以为,春日的声音都应属于花开,秋日的声音都属于叶落。

其实,很想告诉她们,叶子落着,铺满地面,才是最美的场景。没有落叶的秋天是不完整的。甚至,落叶才是秋天的主角。

残荷

　　荷在池塘。叶子枯萎,皱巴巴地蜷缩成倒置的钟,垂耷于淤泥之上,有的仍然高高擎着,有的委身泥地。一只"钟"挨着另一只"钟",成千上万只"钟"挨在一起,仿佛风吹过,人走过,都会发出浑厚的钟声。但没有,秋日的池塘是安静的,即便叶子仍在枯萎,莲蓬仍在收缩,即便恰好遇见几颗莲子跌落入水,也只是小得不能再小的"咚咚"声。落入泥潭的莲子,也许会沉睡一个季节,再酝酿一个季节,而后抽芽长叶成为新的荷。也许不会,而只是一味沉睡于泥潭之中,如深沉的泥潭一般永远沉默不语。生命的离去自然而然,到来却需要很多机缘巧合。

　　我们走在荷塘中的栈道上,四周都是枯荷,像荷层层包围过来,将我们围在中心。深陷其中,有一瞬间以为自己也是荷。伸出手想扯一片枯叶,摘一个枯萎的莲蓬,带回去伴于案头,却发现分明有着遥远的距离。很多时候,很多距离属于"世界上最遥远的距离"。荷仍旧一副只可远观不可亵玩的态度,清清冷冷地站在荷塘中央。

　　家中也有残荷与莲蓬,忘了是在什么时间从哪一方荷塘"顺"回来的,只记得它们陪着我很久了,久到家中的那个角落如果没有荷就不再是我的角落。也忘了是什么时候开始，喜欢上了日渐枯萎的事物。

微凹美樱桃

在村口的红豆杉公园里，上了年纪的古树聚在一起，公园是它们现在的家。不知道之前如何，现在的家很漂亮，古树们被照料得很好，人们珍重每一棵树就像珍重自己愈发精致的生活。树与树之间的土地种满像兰花一般的植物，上面撒满黄的红的落叶，树下是空旷而平整的小广场，树旁有齐整的台阶，有鹅卵石垒成的花坛以及无人落座的长椅。这样的场景带有静气。

村人偏爱红豆杉，即便公园里有一棵年纪不小且形体优美的枫树，公园仍以红豆杉命名。即便在枫树底下立有石碑，碑文仍是关于红豆杉的，对于枫树只字未提。我们不免惋惜着，在很多地方，很多事物终究被忽略了。

但眼光仍被枫树吸引。秋天的枫树有种妖娆的美，红的黄的绿的以及黄绿相间红黄相间红绿相间的叶披了一身，有风来的时候，就随风洒落一些叶片，让人想不注意都难。又发现枫树上还有另一种形状的叶，细看才知有一种藤蔓贴着枫树生长。它们贴得很紧，根部已经融合在一起,往上生长时大部分位置严丝合缝,只在某些地方留有微微的缝隙。

我们不知究竟是谁抱住了谁,猜测五花八门。有说一定是藤缠树,民间尚有谚语"山中只见藤缠树,世上哪有树缠藤"。有说世间事并非绝对,也可能是相互合作,彼此成全。也有说大概它们之间应该有爱情。还有说是迫于无奈,被自然这双大手捆绑住了。只是,树大抵是没有想法的,若是有,大概也就是活着。

有人查了藤蔓的名字,叫微凹美樱桃,也叫西印度樱桃,仿佛来自遥远的印度,难怪不常见。据说,它的花朵小巧迷人,类似小紫薇花,而果实则大如樱桃,且产量喜人。美樱桃一年四季都在结果,果实成熟后会变为深红色,味道略带酸涩。眼前的美樱桃通身绿意,未见花也未见果,仿若为来年我们的相遇埋下伏笔。

很美的藤蔓,名字又那么好听,恍若《诗经》中走来的女子,窈窕的,凹凸有致的,好感又增加了几分。我以为是藤蔓吸引了枫树,被枫树紧紧搂在怀里。

柿子

柿子在树上挂着,红透了,树又落尽叶子,十分惹眼。我们像没见过世面一般哇哇感叹着,真好看真好看地说个不停。在我们以往的经验里,大部分柿子在将熟未熟之际就被悉数收进家中,成熟的农人不会让一枚成熟的果子流落在外。

田野里站着几团鲜艳的红,像高高举着的火把,比起周围仍旧一味坚持着的绿,以及正在落红落黄的叶子,实在引人注目,周围的秋色都黯淡了。

我以为,他们被乡间的柿子树唤醒了。一半是被视觉唤醒,一半是被记忆唤醒。每个人心中都住着一棵柿子树,它成长于小时的房前屋后以及山野田地,每到秋季便红成想要的样子。以及,柿子柿饼甜津津、软糯糯的味道,似乎还留在舌尖。

有人靠过去,想为它拍下好看的照片。靠得足够近,因为有摄影大师说过:"如果你拍得不够好,是因为你离得不够近。"但世事多无奈,即便有大师指引,拍出的照片总不如眼前好。大概,很多美是无法直接述说的。遂又想起加缪的话:"艺术有腼腆的本能,它就是没有办法直接把事情说出来。"

村书记说,不好吃的,挂在地头看看。我们把目光投向苍茫的田野,好多地头都有火红的柿子树,不禁诧异:难道真的不好吃吗?难道真的有不好吃的柿子吗?

但又想起一位城里的朋友来到乡村,问村人种芭蕉树何用。村人说,种着看看就很好。也许,这些柿子树,也是"种着看看就很好"。

茶花

其实茶花很美,只是过于常见,我们便不当一回事了。

过于频繁出现的事物,容易被忽略。甚至,印象只是粗糙的大概,可以轻而易举地认出茶花,待问及具体特征时,比如有几个花瓣,花瓣是什么颜色的,花蕊又是什么颜色的,指定答不上来。

这也是我头一回那么认真地观察一朵茶花,也许是久别重逢,新鲜感占了上风。花瓣纯白,有着白玉的质感,花蕊是温暖的黄,缀满花粉。扒开花蕊往里看,还有一层花蜜,舔一口,甜津津的。小时常做这样的事,像一只蜜蜂流连于花丛,舔食花中的蜜糖。我们并不是所有花蜜都吃,却十分放心地将自己托付给每一朵茶花。我们的认知里,既然茶叶可食,茶花也是可以的。

我摘了一朵,放在嘴边吮吸,甜津津的味道与儿时相似。这是多么令人欣慰的事,很多味道早已追随记忆的远去渐行渐远,能重拾的又何其少。这个秋天,一朵茶花将我带回遥远的故乡。

但旁边的小伙伴面露诧异之色:茶花能吃吗？我建议他们尝一尝。他们犹豫着,不敢下手。他们太年轻了,记忆中没有关于一朵茶花的故事与情节,头一回如此亲近地吮吸一朵花确实需要勇气。

文艺新实力
NEW FORCES OF LITERATURE

已出书目：

《茶洲记》

《如在》

《小小悲欢》

《县联社》

《在这疾驰的人间》

《行囊里的旧乡》

《地气氤氲》

《古玉生烟》

《磬安之往——两宋时期的士人与世相》

《槐乡偶书》

《向美而生》

《我们的村庄》